KB041573

the War ends the world /
raises the world

너와 나의 최후의 전장, 혹은 세계가 시작되는 성전

제국
기계로 된 이상향
Empire
고도의 과학기술과 강대한 군사력을 가진
세계 최고의 대국. 성령을 다루는 황청을
위협적인 존재로 간주하여 멸망시키려고 한다.

황청
마녀들의 낙원
Imperial Household Agency
「성령(토靈)」이라는 미지의 에너지를 조종해서
초월적인 힘을 발휘하는 마녀들의 나라.
그들을 박해하는 제국을 증오한다.

the War ends the world / raises the world

CONTENTS

너와 나의 최후의 전장, 혹은 세계가 시작되는 성전

the War ends the world /
raises the world

사자네 케이 지음

한수진 옮김

커버 그림, 본문 일러스트 | **네코나베 아오**

너와 나의 최후의 전장,
혹은 세계가 시작되는 성전

the War ends the world /
raises the world

Alt hiz orza et yulis bis mihas xel, the laspha et delis fel mihas xel cs.
이 상처투성이 세계에는 영웅도 구세주도 없다.

Sera……So Sez lu teo fel nalis pah pheno lef xel.
그러니 내가 마녀가 되어 제국을 소멸시킬 것이다.

So aves cal pile.
오너라, 하늘의 지팡이여.

Prologue
『두 나라의 최종 전력』

the War ends the world /
raises the world

"항복해라."

"항복해."

하얗게 빛나는 냉기——.

주위의 숲과 대지가 모조리 얼어붙어버린 이 세계에서 검을 움켜쥔 소년과 화려한 드레스를 입은 소녀가 동시에 서로에게 말했다.

"……제국의 검사. 당신의 이름이 뭔지 알려주겠어?"

"이스카."

검을 쥔 소년이 빠르게 대답했다.

흑갈색 머리카락. 어린 시절부터 가혹한 훈련을 거쳐 단단하게 단련된 육체. 얼굴 생김새는 어른이 아닌 소년에 가까웠지만, 한 쌍의 검——흑강(黑鋼)과 백강(白鋼)의 검을 쥔 그의 눈동자는 마치 칼집에서 빠져나온 칼날같이 날카롭게 빛나고 있었다.

"너는?"

"앨리스리제 루 네뷸리스 9세. 당신도 이미 눈치챘지? 제국 사람들이 『빙화(氷禍)의 마녀』라고 부르는 성령술사(星靈術師)가 바로 나야."

거대한 얼음 위에 서 있는 소녀.

그 얼굴은 수많은 라피스라줄리로 장식된 헤드 드레스에 가려져서 잘 보이지 않았지만, 숲 속에 울려 퍼지는 낭랑한 목소리에서는 소녀의 기품이 느껴졌다.

그리고 또다시——.

"당신 혼자서 네뷸리스의 성령 부대를 궁지에 몰아넣은 거야?"

"너 혼자서 제국의 병기 동력로를 파괴해버린 거냐?"

소년과 소녀는 동시에 말을 꺼냈다.

"……맞아."

먼저 긍정한 사람은 소년 검사였다.

소년의 뒤편에는 방탄 장갑 로브를 걸친 병사들이 있었다.

그들은 모두 다 일격에——엄청난 정밀도와 속도를 자랑하는 검의 일격에 쓰러져서 마치 잠든 것처럼 의식을 잃었다.

"당신, 정체가 뭐야? 천제(天帝) 직속 호위인 『사도성(使徒聖)』도 아니고 한 부대의 대장도 아닌 일개 병사가 네뷸리스의 성령 부대를 압도하다니. 어떻게 그럴 수가 있지?"

"그건 내가 하고 싶은 말이야."

빙화의 마녀를 자처하는 소녀와, 그 소녀를 쳐다보는 소년 검사.

"겨우 혼자서 제국의 거점까지 쳐들어와서 방어진을 뚫고 동력로를 파괴하다니. 보통 성령술사가 할 수 있는 짓이 아닌데."

고대 빙하기를 연상시키는 냉기와 빙설로 얼어붙은 숲. 그 뒤편에는 얼음덩어리가 되어 완전히 산산조각 나버린 거대한 병기 동력로가 있었다.

　이 천변지이와도 같은 절대적인 능력을 발휘한 인물은 다름 아
닌 이 소녀였다.

"너, 정체가 뭐야?"

"당신, 정체가 뭐야?"

기계로 된 이상향인 『제국』이 만들어낸 비장의 카드

——흑강의 후계자 이스카.

마녀들의 낙원 『네뷸리스 황청』에서 탄생한 최고위 마녀

——빙화의 마녀 앨리스.

대립하는 두 대국의 영웅.

그 두 사람이 만나고, 운명의 수레바퀴가 구르기 시작한다.

Chapter.1
『소년과 마녀』

the War ends the world /
raises the world

1

춥고 어두운 감옥.

창문이 없어서 햇빛 한 줄기 스며들지 못하는 곳.

빛이라곤 희미한 촛불의 불빛밖에 없고, 언제나 녹슨 쇠와 먼지의 쿰쿰한 냄새가 남아 있는 음습한 공간――그곳이 소녀가 갇혀 있는 감옥이었다.

자박 하고 울려 퍼지는 발소리.

"누구야?"

소녀는 죄수용 침대에서 반사적으로 벌떡 일어났다.

이 공간에서 발소리가 나다니, 그럴 리 없었다. 이 감옥에는 간수가 없으니까.

무인 감옥――물론 이유가 있어서 그렇게 된 것이었다.

첫째, 삼중 원격 촬영 시스템에 의해 감옥 내부는 철저하게 감시되고 있으므로.

그리고 둘째, 이 감옥에 갇힌 사람은 소녀 자신도 포함해서 모두 다 「마녀」「마인(魔人)」이라 불리는 금기의 존재이므로.

──감옥에 갇혀 있어도 너무 위험하다.

──간수를 배치하면 그 간수의 안전을 보장할 수 없다. 그러므로 무인 시스템.

그런데 이 발소리는 뭘까?

누가 무슨 목적으로 다가오고 있는 걸까.

"…………"

반사적으로 방어 태세를 취했다.

소녀는 미지의 별의 에너지 『성령(星靈)』을 지니고 태어나, 마녀라는 멸칭으로 불리면서 공포의 대상이 되어왔다. 그런 자신에게 누가 좋은 의도를 가지고 접근할 리 없었다.

개인적인 복수? 아니면 사형 선고?

가슴속에 두려움과 각오를 동시에 품은 채, 소녀는 그 발소리가 가까이 올 때까지 기다렸는데──.

"쉿, 가만히 있어."

"어?"

눈이 마주치자마자 「그」가 그렇게 말했다. 소녀는 눈을 휘둥그렇게 떴다.

"지금 거기서 꺼내줄게."

눈앞에 나타난 인물은 소년이었다.

흑갈색 머리카락을 아무렇게나 자른 10대 중반의 소년.

제국군의 전투복을 입고 있었다. 허리 벨트에는 한 쌍의 쌍검──검은색과 하얀색 칼집에 들어간 두 자루 검이 꽂혀 있었다.

⋯⋯꺼내준다고? 누구를?

감옥 안에는 오직 한 사람밖에 없는데도, 소녀는 그 말의 의미를 즉시 이해하지 못했다.

"움직이지 마. 창살에 접근하면 위험해."

검광.

소녀의 눈에는 그저 한순간 빛이 번쩍이는 광경이 보였을 뿐이다.

소년이 감옥의 창살을 잘라냈다. 소녀는 산산조각 난 창살의 파편이 탕탕 소리를 내며 복도를 굴러가는 모습을 보고 나서야 그 행위를 인식했다.

"⋯⋯말도 안 돼."

마녀의 성령술로도 부수지 못하는 합성철강.

대형 금속가공기라도 들고 오지 않는 한 절단하지 못하는 쇠창살. 그것을 이 소년은 너무나 쉽게 잘라버렸다.

그것도 검 한 자루만 가지고.

그런데 소녀는 이 경이로운 기술보다도, 감옥의 창살을 잘라낸다는 소년의 행위 자체에 심한 충격을 느꼈다.

"⋯⋯어째서?"

"어째서? 글쎄, 이 감옥 창살을 잘라내지 않으면 네가 탈출할 수 없잖아?"

"⋯⋯나를⋯⋯ 도망치게 해주는 거야⋯⋯?"

소녀는 사람 하나가 통과할 만한 구멍이 뚫린 창살을 바라보면서 눈을 깜빡거렸다.

"당신은 제국의 검사잖아? 게다가 왼팔의 그 완장은, 사도성…… 제국의 최고 전력이 왜 이런 곳에…….”

"잘 아네?"

칼을 칼집에 집어넣으면서 느긋하게 고개를 끄덕이는 소년.

"네뷸리스의 성령술사는 제국의 계급제도도 다 아나 봐?"

"……응, 그야 뭐.”

고개를 숙이는 소녀. 불안함과 곤혹스러움이 뒤섞인 눈빛.

"나와 당신은 서로 적이잖아. 적국의 정보는 당연히 알아야 하니까…… 그런데 당신이 나를 도망치게 해준다고? 어째서?"

눈만 살짝 들어 소년을 쳐다보고 질문하는 소녀.

이에 대해 소년은——.

"너, 아직 열세 살? 열네 살밖에 안 됐잖아. 아니, 더 어린가?”

"……뭐?"

"열두 살이면 나보다 세 살이나 어린 거고. 아, 이제 곧 네 살 차이가 되려나.”

소년의 나라와 소녀의 나라는 벌써 100년 이상이나 계속 싸우고 있었다.

구속된 마녀에게 자비란 없다. 포로의 성별이나 나이 따윈 문제가 되지 않는다. 분명히 그럴 텐데.

"구속된 너를 우연히 봤을 때부터 신경 쓰였거든.”

"…………?"

"아무리 성령술사라고는 해도, 성령 반응도 약한 너 같은 어린애까지 모조리 붙잡아서 감옥에 집어넣는 것은 좀 너무한 것 같아."

"……그게 제국의 방식이잖아."

"응. 그래서 이렇게 몰래 탈출시켜주는 것밖에 못해. 나도 이러는 것은 이번이 처음인데, 만약에 잘되면 너 말고 다른 녀석도 탈출시킬 수 있겠지?"

그는 감옥 밖에서 손짓을 했다.

"빨리 나와. 감시 설비 시스템은 중지시켜놨지만 아마 몇 분 만에 회복될 거야."

"아…… ."

상대가 손을 잡았다. 소녀는 조그만 신음 소리를 냈다.

나는 모든 사람들이 기피하는 마녀란 존재인데, 이 소년은 나를 만지는 게 무섭지도 않은가? 아니, 무섭진 않아도 혐오감도 없는 건가?

"서둘러. 저쪽 복도까지 뛰어가자."

손을 잡고 텅 빈 복도를 달려갔다. 소년이 이끄는 대로 복도를 뛰어가다가 마침내 이 옥사의 비상구 앞에 도착했다.

"여기로 들어가면 제도(帝都)의 변두리로 나갈 수 있어. 거기서 다른 사람들을 적당히 따라가면 번화가에 도착할 테니까, 그때부터는 전광판의 안내문을 보고 이동하면 돼. 순환버스를 타고 중립도시로 가는 게 좋을 거야. 자, 이거 받아. 변변치 않지만."

군용 비상식량인 건빵과 제국 은화. 소년은 그것을 소녀의 손에 쥐여 줬다.

고맙다는 말은 하지 못했다.

상황이 너무 완벽해서 오히려 함정이라고 생각했기 때문이다. 제국군이 적국의 포로를 탈옥시켜줄 뿐만 아니라 금전과 식사까지 신경 써서 제공해주다니. 듣도 보도 못한 일이었다.

"어서 가."

"…………."

불안하긴 했지만, 그래도 '도망치고 싶다'는 충동에 사로잡힌 소녀는 달리기 시작했다.

비상구를 통해 감옥 밖으로.

제도의 출입구에서 순환버스를 타고 제국령 바깥으로. 거기서 동지들이 모여 있는 거점으로, 이어서 고향인 네뷸리스 황청으로. 익숙한 자국의 공기를 맛본 순간——.

"……거짓이, 아니었구나."

소녀는 그때 그 소년의 언동이 함정이 아니었음을 비로소 깨달았다.

그런데 다음 날.

제국에서 이례적 사건이 발생했고, 그 소식은 소녀가 있는 네뷸리스 황청까지 전해졌다.

"사상 최연소 「사도성」이스카."

"마녀의 탈옥을 도운 국가 반역죄로 인해 체포. 종신금고형 선고."

"이럴 수가……."

소녀는 정보지를 꽉 움켜쥐고 부르르 떨었다.

왜. 어째서, 적인 나를 위해 이런 짓을?

그가 무엇 때문에 그랬는지. 소녀는 그 이유도 모르고 그저 멍하니 그 자리에 서 있었다.

──그것은 『현재』보다 1년 전에 있었던 일.

이례적인 마녀 탈옥 사건 이후로 1년이 지난 현재.

세계는 또다시 그 소년의 이름을 기억하게 된다.

흑강의 후계자 이스카, 그리고 빙화의 마녀 앨리스의 만남을 계기로──.

2

『수형자 이스카를 석방한다.』

제국 의회──세상에서 가장 큰 영토를 보유한 「제국」의 최고 의사 결정 기관이 하나의 의제를 의결했다.

『이스카, 고개를 들어라. 1년 만에 밖으로 나왔구나. 오랜만에 햇빛을 받으니 기분이 어떠냐?』

"……눈부시네요."

양손에는 수갑, 양발에는 족쇄를 찬 소년──이스카는 천장에서 쏟아지는 햇빛을 받으며 눈을 가늘게 떴다.

드넓은 의회 내부.

그 한가운데에 있는 단상에 서서, 자신을 내려다보는 여덟 남녀의 모습을 차례대로 살펴봤다.

팔대사도(八大使徒).

제국 의회를 통괄하는 여덟 명의 최고 간부. 본인들은 의회에 직접 참가하지 않는다. 단지 정면 벽에 설치된 모니터에 어렴풋한 얼굴 윤곽만 나타날 뿐이다.

『표정이 그다지 밝아 보이진 않는데?』

"……반신반의한 상태여서요. 저를 풀어주시는 겁니까?"

『그래. 자신이 얼마나 중대한 죄를 저질렀는지는 충분히 아는 것 같군. 우리가 붙잡은 마녀를 자네가 탈옥시킨 사건. 그건 크나큰 손실이었어.』

『그래서 우리는 그 대죄를 씻을 기회를 당신에게 주기로 했어.』

"그게 무슨 뜻입니까?"

반사적으로 눈살을 찌푸렸다. 1년 전, 마녀 탈옥 사건의 범인으로서 투옥되어 사도성의 지위를 박탈당했을 때에는 종신금고형에 처한다는 소리를 들었는데.

……그런데 이제 와서 석방한다고?

겨우 1년 만에 석방이라니. 너무 꿈같은 이야기였다. 눈앞의 모니터 속에 있는 팔대사도는 절대로 그렇게 자비로운 사람들이 아니었다.

"특별사면을 해주는 대신, 저에게 무슨 임무를 맡긴다는 뜻인가요……?"

『눈치가 빠르네. 마녀 탈옥 사건을 계획한 것도 그렇고, 머리 회전이 꽤 빠른 모양이야.』

나직한 웃음소리를 내는 팔대사도.

"저는 칼질밖에 못하는데요."

『자기소개 내용이 그다지 정확하진 않군. 실은 이렇게 말해야 하지 않나? 칼질밖에 못하는 것이 아니라, 칼만 있으면 뭐든지 할 수 있다고.』

심술궂은 농담이 아니었다. 세계 최대 국가의 최고 권력자들이 단 한 명의 소년을 의회에 불러내서 직접 명령을 내리는 이유가 바로 그것이었다.

『본론으로 들어가지. 우리가 자네에게 맡길 임무는 별로 대단한 것은 아니야. 자네는 자네가 해야 할 일만 하면 돼. 즉, 마녀를 타도하는 거야.』

"마녀?"

『네뷸리스 황청에 잠복시킨 첩보원이 가져다준 정보다. 황청이 제국의 거점에 마녀 하나를 파견하기로 결정했다더군.』

"그건…… 전선(前線)에서는 흔히 있는 일 아닌가요?"

『평범한 마녀가 아니다. 대마녀 네뷸리스의 직계 후손인「순혈종(純血種)」이야.』

"순혈종?!"

팔대사도의 한마디에 이스카는 경악하여 눈을 크게 떴다.

"……강적이잖아요."

『그래서 자네를 석방한 것이다.』

담담하게 이야기를 계속하는 팔대사도.

『과거에 이 제국을 불바다로 만들었던 대마녀 네뷸리스. 그 혈족이 대대로 「순혈종」이라고 불리면서 강력한 성령을 가지고 태어난다는 것은 자네도 알 테지?』

"네. 몇 번이나 싸워봤으니까요."

『이번 상대는 그중에서도 특히 강한 녀석이다. 빙화의 마녀──1년 전, 자네가 옥중에 있을 때 유벨 북방 전선을 혼자서 돌파한 인물이지. 그 바람에 우리가 배치한 최신병기까지 네뷸리스 황청에 빼앗겨버렸어.』

"……유벨 전선을, 혼자서?"

이스카가 옥중에 있을 때 그런 소문은 들어본 것 같았다.

엄청난 성령을 지닌 마녀가 나타났다고.

『정면으로 부딪치면 아무리 사도성이라도 고전을 면치 못할 터. 그런데 전선에 있는 부대만으로 상대하기에는 뭔가 좀 불안하지. 그래서 자네를 출격시키기로 한 것이다.』

『사상 최연소 사도성 이스카. 기대할게.』

"……전직 사도성이지요. 1년 전 그 사건으로 지위를 박탈당했으니까요."

열다섯 살이라는 어린 나이에 천제 직속 호위가 된 부대원.

이례적으로 멋지게 승진한 영웅이…… 될 예정이었다.

『자네가 마음만 먹으면 사도성이라는 지위 정도는 금방 되찾을 수 있을 텐데. 누가 뭐래도 제국 최강인 **그 남자**에게 지도받고 성검(星劍)을 물려받은 「흑강의 후계자」이니까.』

이스카의 발아래에 있는 바닥이 갈라지더니, 그 밑에서 기계장치가 된 대좌가 올라왔다.

──한 쌍의 쌍검.

흑강의 칼집에 꽂힌 검과, 백강의 칼집에 꽂힌 검.

『자네가 **그 남자**에게 물려받은 성검이다. 가져가도록.』

"그래도 됩니까?"

『이 검은 적격자가 휘두를 때에만 힘을 발휘하는 무기. 오직 자네만을 위한 검이다.』

그와 동시에.

이스카를 구속하던 수갑과 족쇄가 철컹 소리를 내면서 풀렸다.

『이스카, 자네는 지금 이 순간부터 자유의 몸이다. 전선으로 가는 호송차량은 열일곱 시간 후에 출발할 것이다. 그때까지 준비를 하도록. 필요한 물건이 있으면 조달해주마. 무장, 인재, 자금, 식량, 의료 등, 모든 것을 우리가 자네에게 주겠다.』

모든 것을 준다.

파격적인 대우였다. 그 제안에 이스카는 망설임 없이 즉답했다.

"부대원 세 사람을 주셨으면 합니다."

『누구인지 말해보게.』

"부대장 미스미스 클라스, 저격수 진 슐라건, 기계 기술자 네네

알카스토네. 이 세 사람을 소집해주시겠습니까?"

3

제도 제2지구.

중후한 강철 성벽으로 둘러싸인 제도에서 가장 번화한 상업지구. 그곳의 광장 앞쪽에 자리 잡은 레스토랑 『파우더 베이스(화약기지)』에서──.

"네네야, 우리는 어디 앉으면 되냐?"

"네네야, 우리가 주문한 음식이 아직 안 나왔는데."

"네네야──!"

"네, 알았어요! 금방 갈게요!"

네네는 주방 한구석에서 점심으로 먹던 빵을 꿀꺽 삼키고 허둥지둥 일어났다.

한쪽에 개어놨던 종업원용 앞치마를 걸치고, 수많은 손님들로 북적거리는 레스토랑 플로어로 뛰어나갔다.

네네 알카스토네──.

풍성한 붉은 머리카락을 모아서 묶은 포니테일, 커다란 푸른 눈동자, 밝고 쾌활한 미소가 인상적인 열다섯 살 소녀. 운동용 탱크톱과 허벅지가 드러나는 핫팬츠를 입었는데, 그 스포티한 옷차림은 탄탄하고 건강해 보이는 그녀의 몸에 잘 어울렸다.

"네~ 손님, 어서 오세요. 한 분이신가…………욧?!"

레스토랑 입구에 서 있는 은발 소년.

그 모습을 발견하자마자 네네는 신나게 떠들면서 그에게 뛰어갔다.

"진 오빠?! 우와, 웬일이야? 기뻐! 네네를 만나러 와준 거야?"

"아니, 얼마 전에도 만났잖아."

"어~? 그럼 손님으로 온 거야? 알았어, 한 시간만 기다리면 손님도 줄어서 자리가 적당히 날 거야. 어, 오늘의 메뉴는……."

"미안하지만 식사는 하고 왔어."

눈을 곱게 치뜨고 쳐다보는 네네에게 매우 담담하고 차갑게 말하는 소년.

진 슐라건.

깔끔하게 세운 은발 머리와 예리한 회색 눈동자와 날카로운 외모를 지닌 소년. 광학섬유가 들어간 회색 전투복을 입고, 왼쪽 어깨에는 저격총이 든 트렁크 케이스를 메고 있었다.

"그럼 오늘은 무슨 일로 온 건데?"

"전언을 하러 왔다."

"전언?"

"**그 녀석**이 석방됐다. 지금 1년 만에 기숙사로 돌아와서 바쁘게 준비를 하고 있어."

진의 이야기를 듣고 네네는 한동안 눈을 굴려 허공만 바라보다가.

"……아!"

뭔가 알아차렸는지 눈을 반짝반짝 빛냈다.

"그 녀석이라니, 설마?"

"이스카다."

"노, 농담이지이이이이이이?! 어, 진짜야? 농담 아니야?"

이곳이 레스토랑이라는 것도 깜빡하고 큰 소리로 절규했다.

"느긋하게 기뻐할 때가 아니야. 어서 준비해."

"아, 준비? 축하 파티 준비 말이지?"

네네는 기뻐서 폴짝폴짝 뛰었다. 그런데 진은 여전히 무뚝뚝한 말투로 말했다.

"내일 새벽 0시에 출발한다. 호송차를 타고 전선으로 갈 거야."

"……뭐? 호송차? 전선?"

"출병한다."

"뭐라고?! 아니 저기 잠깐만요, 진 오빠! 네네는 오늘 밤까지 아르바이트해야 하는데?!"

"포기해. 네가 평범하게 일하면서 살아가는 것은 절대로 실현 불가능한 꿈이야."

진은 탄식하듯이 숨을 내쉬더니 미련 없이 몸을 돌렸다.

"제국과 네뷸리스 황청이 이 쓸데없는 전쟁을 계속하는 한, 어쩔 수 없어."

========

29

제도 군용 출입구.

거무스름한 밤의 장막이 드리워진 제도에서, 감시탑의 조명이 정면의 거대한 출입구를 눈부시게 비추었다.

이 지상에서 문득 쳐다본 하늘에서는 희미하게 별빛이 반짝이고 있었다.

"으, 추워."

밤바람이 목덜미에 닿자 저절로 몸이 부르르 떨렸다.

"……아침 해도 그렇지만, 이런 별하늘을 보는 것도 1년 만이네."

이스카는 바람을 좀 막아보려고 전투복의 옷깃을 세우면서 살짝 쓴웃음을 지었다.

이제는 아침 해도 밤하늘도 영영 못 볼 줄 알았는데.

"어차피 바깥에 나와봤자 목숨 걸고 싸워야만 하니까. 차라리 평생 감옥에서 지내는 것이 더 안전하고 좋지 않았을까 하고 후회할지도 모르지마……앗!"

등에 지고 있던 배낭을 호송차의 짐칸에 휙 던져 넣었다.

쿵 하고 박력 있는 소리가 났다. 뭐, 이스카의 짐은 그나마 가벼운 축에 속할 테지만.

무기는 직접 휴대하고 다니는 검밖에 없었고, 그 외의 짐은 의료품과 소형 통신기기가 전부였다. 저격수는 이 기본적인 짐뿐만 아니라 자기 총과 대량의 탄약까지 들고 다녀야 하고, 정보관은 대형 통신기기를 짊어져야 한다.

"어, 지금이——."

"집합 시간까지는 아직 4분 30초 남았다."

이스카가 그쪽을 돌아보자, 가로등 불빛 아래 서 있는 은발 소년이 눈에 띄었다.

왼쪽 어깨에 트렁크 케이스를 멘 저격수였다.

"아, 진. 왔어? 아까 낮에 네네와 미스미스 대장님에게 연락해 줘서 고마워."

"네가 뜬금없이 사고치는 데에는 이미 익숙해졌으니까. 1년 전에 네가 혼자서 남아도는 에너지를 주체 못하고 마녀 탈옥 사건을 일으켰을 때에도 그랬고."

"윽…… 그, 그건, 오늘 아침에도 사과했잖아."

"넌 마무리가 허술해서 문제야. '뭘 해도 확실히 성공할 만한 방법을 써라. 확신이 서지 않는다면 때를 기다려라.' 스승님께서 분명히 그렇게 말씀하셨는데 말이야."

진은 보란 듯이 탄식을 하더니, 자기 짐을 차 안에 던져 넣었다.

"네가 체포됐을 때 그 두 사람이 어찌나 당황하던지. 그야말로 천지가 뒤집어진 것처럼 기겁해서 펄쩍 뛰더라."

"네네와 미스미스 대장님이?"

"그만큼 석방 소식을 듣고 기뻐하기도 했지만. 봐라, 호랑이도 제 말 하면 온다더니."

진이 시선을 돌렸다. 그쪽에서 맹렬한 기세로 다가오는 헤드라이트 불빛. 그 정체는 성대한 먼지구름을 일으키며 달려오는 자동차였다.

대부분의 병사들이 잠들어 있는 고요한 밤의 정적을 깨뜨리는
브레이크 소리.

"이스카 오빠, 석방된 거 축하해————————!"

자동차가 멈추기도 전에 붉은 머리카락을 하나로 묶은 소녀가
차에서 뛰쳐나왔다.

"축하해축하해축하해————————!"

"네네?!"

그는 와락 안기는 네네를 받아줬다.

"이렇게 기뻐해줄 줄은…… 아니, 뭐. 걱정 끼쳐서 미안해."

"아냐, 괜찮아. 이스카 오빠는 아무 잘못도 안 했으니까. 그보
다 정말 다행이야."

눈물 젖은 눈으로 그를 쳐다보는 네네.

"네네가 이스카 오빠를 얼마나 걱정했는지 알아?! 한 달 동안
목이 메어서 밥도 못 먹었어. 살이 3kg나 빠졌다니까."

"그 직후에는 홧김에 고기를 잔뜩 먹었다가 5kg이나 쪘잖아."

"진 오빠가 그걸 어떻게 알아?!"

진의 나직한 혼잣말을 용케 알아들은 네네가 그쪽을 휙 돌아
봤다.

"……아, 대장님도 왔나 봐. 저기요~ 대장님, 여기야, 여기!"

네네가 번화가 쪽을 향해 손을 흔들었다.

심야임에도 불구하고 네온의 불빛으로 환하게 빛나는 거리를

배경으로, 제국 전투복을 입은 조그만 소녀가 길을 따라 이쪽으로 달려오고 있었다.

"얘, 얘, 얘들아──! ……헉……, 헉…… 미, 미안해, 늦어서……."

"……여전히 달리기 속도가 느리네."

진이 기막히다는 듯이 한숨을 쉬었다.

등에 진 배낭이 무거워서 그런지, 아니면 체력이 부족해서 그런지. 달려오는 소녀의 걸음걸이는 당장 쓰러질 것처럼 위태위태했다.

"진, 대장님은 여전해?"

"응, 하나도 안 변했어. 나쁜 의미로."

철퍼덕.

"아, 넘어졌다."

조그맣게 중얼거리는 네네.

돌멩이도 하나 없는 평평한 길에서 화려하게 넘어진 소녀. 그래도 벌떡 일어날──줄 알았는데, 어째서인지 그냥 그 자리에 주저앉아버렸다.

"……훌쩍. 미안해…… 나는 왜 이렇게 심한 운동치인 걸까? 부하한테도 상사한테도 늘 혼나기만 하고. 역시 난 군대 체질이 아닌가 봐. 저기요, 전봇대 씨. 당신도 그렇게 생각해요?"

소녀는 눈앞에 있는 전봇대에게 말을 걸기 시작했다.

"……대장 노릇 때려치울까?"

"때려치우면 안 되죠오오오오?!"

꿍장히 불온한 발언을 하는 소녀에게 허겁지겁 뛰어가는 이스카.

"대장님, 가면 안 돼요! 아니, 보통 여기까지 와서 좌절한다는 게 말이나 돼요?!"

"아, 이스카 군."

이스카의 목소리를 들은 순간, 작은 소녀의 얼굴이 환하게 밝아졌다.

네네보다도 작은 몸집, 애교와 웃음이 흘러넘치는 귀여운 얼굴. 연한 푸른색 머리카락은 바깥쪽으로 살짝 뻗쳤고, 조그만 입술은 붉은색을 띠고 있었다. 무척 앳되고 사랑스런 인상이었다.

"와, 정말 오랜만이네. 키가 좀 커진 것 같은데?"

"그, 그런가요?"

"응, 응. 나도 키 크고 싶어서 매일 우유를 마시고 있는데, 역시나 같은 여자애는 키로도 이길 수가 없구나."

"여자애는 무슨. 이제는 그럴 만한 나이도 아니면서."

"지, 진 군, 무슨 말을 그렇게 해?!"

진이 은근슬쩍 대화에 끼어들자, 눈썹을 확 곤두세우는 조그만 소녀…… 아니, 여성.

미스미스 클라스 부대장——열다섯 살인 네네보다도 더 어려 보이지만, 실은 이 사람이 이중에서 가장 나이가 많았다.

"난 아직 스물두 살이거든? 어제도 어린이 요금 내고 영화관에 들어갔어!"

"……대장님, 그냥 순순히 어른 요금 내고 영화 보시면 안 돼요?"

"아아, 아무튼. 정말 기뻐."

또르르 흘러나온 눈물을 손가락으로 닦아내는 미스미스.

"이스카 군은 변함없이 솔직하고 착한 아이고, 네네는 점점 더 예쁘고 아름답게 변하는 중이고, 진 군의 험한 말투도 오늘만은 그립게 느껴지네."

"이봐, 잠깐━━."

"방위기구 Ⅲ사(師) 제907부대, 1년 만에 재결성!"

진이 무슨 말을 하려고 했지만, 미스미스 대장은 눈치채지 못하고 힘차게 주먹을 치켜들면서 말했다.

"그래, 뭔데? 갑자기 출병 명령이 떨어졌는데, 이번에는 무슨 임무야?"

"마녀 토벌. 방위기구 Ⅲ사는 원래 그런 거잖아."

"뭐?"

진이 간결하게 대답하자, 미스미스의 움직임이 딱 멈췄다.

"목표물은 대마녀 네뷸리스의 직계 후손인 『순혈종』━━빙화의 마녀. 보스도 누군지 알지? 최근에 나타난 그 거물 말이야."

"빙화의 마녀어?!"

소리를 꽥 지르더니 새파랗게 질린 얼굴로 부들부들 떠는 미스미스.

"이, 이이, 이스카 군, 그게 정말이야?!"

"네. 내가 석방된 이유가 그건가 봐요. 그 성령술사를 붙잡는 것."

"……어이쿠."

소녀 부대장이 머리를 감싸 쥐었다.

"이스카 군, 넌 지금 팔대사도의 함정에 빠진 거야……."

"그게 무슨 뜻이죠?"

"하긴, 빙화의 마녀는 이스카 군이 투옥된 이후에 나타난 성령술사니까, 이스카 군이 모르는 것도 당연하지."

미스미스가 긴장된 얼굴로 말을 이었다.

"맨 처음 등장한 곳은 아마도 유벨 북방 전선이었을 거야. 그 성령술사는 혼자서 그곳을 돌파하고 무사히 귀환했지. 석 달 전 빌리르 평원에 나타났을 때에는 사도성이 파견됐는데도 결국 붙잡지 못했어. 아직 알려진 정보는 많지 않지만, 역대 성령술사들 중에서도 최상위 급으로 강하다는 소문이 있어. 그렇지? 진 군."

"하지만 반대로 그 녀석들도 이스카라는 병사의 존재는 몰라."

저격총 케이스를 고쳐 메는 진.

"다행인지 불행인지 너에 관한 정보는 네뷸리스 황청에도 거의 알려지지 않았으니까. 사도성 자리까지 올라갔지만 단 한 번도 전장에 나서지 않고 하급 병사로 강등되었잖아? 그래서 적군이 보기에는 단순한 졸병이어도 막상 싸워보면 사도성 수준의 실력을 발휘하는 거지. 다시 말해──."

"상대가 방심할 것이다?"

"그게 팔대사도의 노림수일 테지. 아무리 그래도 한번 투옥했던 너한테 매달리다니, 높으신 분들도 어지간히 고생하고 계시나 봐."

"빙화의 마녀라……."

이스카는 거칠게 부는 바람에 떠밀리듯이 호송차의 뒷좌석에 올라탔다.

"이스카 오빠, 출발할 거야?"

의기양양하게 운전석에 타는 네네.

한 손으로 핸들을 쥐고, 나머지 한 손으로 통신용 기기를 붙잡았다.

"Ⅲ사 제907부대. 출발합니다! 자, 미스미스 대장님도 어서 타, 어서!"

"아앗, 네네야, 기다려!"

움직이기 시작하는 차량으로 서둘러 뛰어오르는 부대장.

"이스카 군, 지, 진짜로 이 임무 맡을 거야……?"

"물론이죠. 이건 나에게도 중요한 기회니까."

장갑차가 맹렬한 속도로 제국 기숙사 출구를 지나 모래땅 찻길을 달려간다.

이스카는 이중 유리창 너머로 제도의 불빛을 멍하니 바라보면서 조그맣게, 그러나 확실한 결의가 담긴 태도로 고개를 끄덕였다.

"……이스카 군, 혹시 이번 임무에 실패하면 다시 투옥되는 거야?"

"그 가능성은 되도록 생각하지 않으려고요."

조심스러운 미스미스의 질문에 그는 희미한 쓴웃음을 지었다.

"이 구제할 도리 없는 전쟁에 종지부를 찍는 것. 1년 전에도 지금도 내가 원하는 것은 오직 그것 하나뿐입니다."

4

약 100년 전.

단일 요새 영역「천제국(天帝國)」──.

통칭「제국」이라 불리는 대국이 세계의 패권을 쥐고 있었다.

고도의 기계화 문명과 더불어 번영한 이 제국은 어느 날「별의 비밀」을 알게 된다.

지질 조사 부대가 지하 깊숙한 곳에서 발견한 그것.

──별의 깊은 안쪽에서 솟아나는 **미지의 에너지**,『성령』.

그것이 어째서 별의 내부에 잠들어 있었는지는 오늘날까지도 밝혀지지 않았다. 다만 확실한 사실은, 성령이 인간에 빙의하는 성질이 있다는 것이었다.

맨 처음에는 분출되는 성령을 뒤집어쓴 지질 조사 부대가.

그다음에는 성령을 연구하던 연구자가 빙의를 당했다.

성령이 인간에게 깃들면 그 사람의 육체 일부에 정체불명의 얼룩이 생겨난다. 그와 동시에 마치 옛날이야기에 등장하는 마법 같은 법력도 생겨난다.

기분 나쁜 얼룩과 초월적인 힘.

"……괴물."

성령을 가진 소녀나 여성은「마녀」, 소년이나 남성은「마인」이라고 불리게 되었고.

지나치게 강력한 그 힘을 두려워한 제국의 민중이 성령 소유자들을 박해하기 시작하는 데에는 그리 오랜 시간이 걸리지 않았다.

그런데 또 박해받는 자들의 마음속에서도 제국에 대한 증오심이 점차 커져만 갔고.

그들은 제국에 대한 반기를 들었으며.

최강의 성령을 지닌 소녀──대마녀 네뷸리스가 제국을 불바다로 만들고, 마침내 성령을 지닌 자들끼리 모인 새로운 국가『네뷸리스 황청』을 건국했다.

성령을 위험시하여 마녀와 마인을 근절하려고 하는 제국.

성령을 인류의 새로운 가능성으로서 찬양하면서, 과거에 박해받은 선조들을 위해 복수하겠다는 집념을 불태우고 있는 네뷸리스 황청.

이 두 대국의 전쟁의 열기는 100년이 지난 지금까지도 식을 줄을 몰랐다.

"──앨리스 님."

자신의 어깨를 조심스럽게 건드리는 시종의 손길. 금발 소녀는 문득 정신을 차렸다.

"괜찮으세요? 혹시 어디 편찮으십니까?"

"아니. 미안해, 잠시 생각에 잠겼을 뿐이야."

그녀는 휘몰아치는 돌풍에 나부끼는 옆머리를 손으로 가볍게 누르면서 소녀 시종을 돌아봤다.

앨리스리제 루 네뷸리스 9세——.

드레스를 입은 아름다운 소녀였다.

햇빛을 받아 반짝이는 금빛 머리카락은 비단실같이 부드럽게 바람에 휘날렸고, 루비처럼 빛나는 두 눈동자는 강하고 늠름해 보였다.

도자기처럼 하얗고 투명한 피부. 단정한 이목구비, 혈색 좋은 입술과 뺨의 홍조가 기품 있는 매력을 자아내고 있었다.

"신경 써줘서 고마워, 린. 지금은 집중해야 할 때인데."

"아뇨. 앨리스 님도 뭔가 생각이 있어서 그러셨을 테죠. 괜찮습니다."

살짝 쓴웃음을 지으며 대답하는 소녀. 밝은 갈색 머리카락을 양 갈래로 묶은 그녀의 이름은——린.

린 뷔스포즈.

오랫동안 네뷸리스 왕가를 섬겨온 시종 일족 출신. 황청의 공주인 앨리스의 측근이며, 앨리스와 허물없이 대화할 수 있는 유일한 인물이었다.

"앞으로 얼마나 더 걸릴까?"

"국경은 넘었습니다. 이제 전장으로 가기만 하면 됩니다. 한 시간도 안 걸릴 테지요."

고도 2,000미터.

앨리스와 린은 거대한 괴조(怪鳥)를 타고 날아가는 중이었다. 괴조가 날개를 칠 때마다 거친 바람이 일어 앨리스의 머리카락과 드레스가 이리저리 휘날렸다.

"불시에 제국의 장거리 사격을 당할 수도 있습니다. 조심하십시오."

"괜찮아. 이미 익숙해졌으니까."

앨리스는 그렇게 여유롭게 말하면서도 조용히 입술을 깨물었다.

"이미 익숙해졌어…… 사격을 당하는 것도, 『빙화의 마녀』라고 매도를 당하는 것도."

대마녀 네뷸리스가 건국한 네뷸리스 황청. 앨리스는 현 여왕의 차녀인 어엿한 왕위 계승권자였다.

그와 동시에 아직 열일곱 살인데도 황청의 비장의 카드가 된 성령술사였다.

제국에서는 마녀나 마인이라는 멸칭(蔑稱)이 사용되고 있지만, 앨리스의 조상은 제국에서 독립한 다음부터 자기들을 성령술사라고 부르기 시작했다.

"린, 내 목표는 평소와 똑같아?"

"네. 제국이 설치한 전선 거점을 파괴하는 것입니다."

린은 좌우로 땋아 늘어뜨린 머리카락을 힘차게 펄럭이면서 대답했다.

"전선에서 싸우는 동지가 알려준 정보에 의하면, 제국은 신형 병기 동력로를 건설 중이라고 합니다. 이것이 완성되어버리면 적군의 중거리 무기가 일방적으로 우리의 거점을 공격할 수 있게 되니까요. 우리로선 후퇴할 수밖에 없습니다."

"완성되기 전에 부수는 거야 쉬운데…… 차라리 이대로 제국령 안으로 쳐들어가면 안 돼? 우리 둘이 힘을 합치면 충분히 이길 수 있잖아."

앨리스는 늘 그것이 불만이었다.

자신은 성령술사 중에서도 특히 강력한 성령을 지니고 있으므로 혼자서도 전황을 좌우할 수 있다. 그런데도 앨리스의 어머니인 여왕은 항상 그녀에게 '적의 거점을 파괴하고 즉시 귀환하라'고만 명령한다.

"어마마마는 어째서 내가 돌격하는 것을 허락하시지 않는 걸까……? 나는 이미 어엿한 성령술사인데."

"앨리스 님이 그런 말씀을 하시니까, 여왕 폐하께서 걱정을 많이 하시는 것 같던데요."

린은 손으로 입을 가리고 웃었다.

"앨리스 님은 미래의 여왕 후보니까요. 실은 적진에 돌격하는 것보다는 제왕학을 배우셔야 할 상황이지요. 싸우면서 틈틈이 연극이나 콘서트를 보러 다니지 말고, 성에서 열심히 공부나 하라는 말씀도 자주 들으시잖아요?"

"그런 재미없는 일은 하기 싫어. 제왕학은 이 세계가 평화로워진 다음에 배우면 되잖아?"

"물론 그 생각에도 일리는 있네요."

"그렇지?"

동의하는 린을 보고 미소 짓는 앨리스.

그러나 그 미소는 금세 사라졌다. 앨리스는 강한 의지가 깃든 어조로 선언했다.

"우선 제국을 타도해야 해. 내가 이 나라를 무너뜨려서 아무도 박해받지 않는 세상을 만들 거야."

붉은 흙으로 덮인 평야.

그 평야 너머에서 지평선을 가득 채운 광대한 삼림이 보이기 시작했다.

5

네우르카 수해.

제국과 네뷸리스 황청의 경계선상에 있는 숲.

30미터까지 길게 자라나는 네우르카 나무. 그것이 이 숲의 특징이다.

100년 전부터 계속된 전쟁으로 인해 이 세상 삼림의 15퍼센트가 소실되었다고 하는데, 이 숲은 다행히 전화를 피하고 아직까지 살아남은 희소한 삼림대였다.

"……와, 정말 커다란 나무네."

하늘을 찌를 듯이 솟아난 네우르카 나무를 쳐다보면서 미스미스가 입을 딱 벌렸다.

"이렇게 큰 나무는 처음 봐."

"미스미스 대장님은 전에 저와 함께 이 기지에 온 적 있잖아요?

다른 작전 때문에."

"어, 그랬나?"

고개를 갸웃거리는 푸른 머리 동안 여성. 이스카도 똑같이 고개를 갸웃거렸다.

"설마 잊어버리셨어요? 그때 그 작전을 수행하느라 무척 고생했었는데."

"정말?! 아, 아하하…… 아, 아냐. 임무 수행 장소쯤이야 나도 잘 기억하거든? 아아, 오랜만이네. 이 슈바르츠 평원."

"그 이름이 아니잖아요?! 게다가 평원도 아닌 숲이고요!"

"다, 당연히 농담이지! 실은 완벽하게 기억하고 있어!"

"……굉장히 불안하네요."

"괜찮아, 걱정 마! 뭐든지 다 나한테 맡겨!"

그러다 갑자기 입을 꾹 다무는 대장.

"그런데 이스카 군. 나 이게 영 신경 쓰이는데."

대장이 긴장된 얼굴로 바라보는 대상. 그것은 요란한 기동음을 내면서 돌아가는 기계 동력로였다.

병기 동력로.

겉모습은 거대한 소각로와 흡사했다.

제국군 부대가 소유한 양산형 중화기와는 별개로, 제도의 연구실에서 개별적으로 설계되어 특수하게 제조된 파괴 병기——그것을 작동시키기 위한 에너지 공급원.

"이거, 신품이지?"

"그런 것 같네요. 우리가 예전에 왔을 때에는 이런 것은 없었으니까."

미스미스 옆에서 동력로를 가만히 쳐다봤다.

네우르카 전략 기지.

이 숲에 설치된 거점이다.

사실 이곳은 네뷸리스 황청이 성령 부대를 배치해놓은 전선과는 겨우 3,000미터밖에 안 떨어진 장소인데, 주위를 에워싼 거목이 이 거점의 존재를 은폐해주고 있었다.

"어째서일까. 이렇게 커다란 동력로가 있는데도 배치 부대가 의외로 적네?"

증기를 내뿜으면서 끊임없이 돌아가는 동력로.

그 주변에는 텐트와 통신 거점이 있었다. 바쁘게 지나가는 부대의 모습도 눈에 띄었지만, 미스미스 말마따나 전략 기지치고는 사람이 적은 편이었다.

"아, 그건 아마도——."

이스카가 말을 꺼냈을 때.

"다녀왔습니다~!"

거대한 나무숲 사이로 붉은 머리 포니테일 소녀가 불쑥 튀어나왔다.

"꺄악! ……어휴, 깜짝이야. 네네야, 놀라게 하지 말아줘."

"호송차 인도 작업은 잘 끝났어. 그리고 저쪽 텐트에서 이곳의 지휘관도 발견했고. 인사도 하고 간단히 이야기도 나누고 왔는데. 이 동력로는 미완성이래."

네네가 동력로 표면을 콩콩 두드리며 설명했다.

"아직 실험 단계이기 때문에 이렇게 요란한 소리가 나는 거지. 실은 벌써 완성되었어야 했는데, 최근에는 성령술사들이 자주 습격해오는 바람에 동력로 완성보다도 전선 방어에 더 많은 인원을 투입하게 되었대. 그래서 거점에 있는 사람의 숫자도 적은 거야."

소녀의 순수한 눈동자 안쪽에서 지적인 빛이 빛났다.

초일류 기계 기술자인 네네는 사관학교에 배속되고 나서도 그 끝없는 연구심을 불태우면서 계속 논문을 발표했고, 제국의 제압 병기 개발부에 이례적으로 스카우트되기도 했다.

이스카, 진과 같은 부대에서 활동하고 싶다.

그런 소망만 없었더라면 지금쯤 네네는 제도의 전임 개발자가 되었을 것이다.

"애초부터 이상하다고 생각했어. 이 동력로는 아무리 구동 중이라곤 해도 진동이 너무 안정적이지 못하니까. 또 기동음에도 잡음이 섞여 있고."

"그래? 와, 역시 네네는 대단하구나."

"게다가 배기구에서 나오는 증기의 색깔과 냄새. 가압 장치가 가동되고 있는데도 제어링이 거의 상한선에 고정되어 있는 것도 그렇고, 일곱 개의 제어 램프 중 세 번째와 일곱 번째 램프가 동시에 점등된 것도 정상 가동 시에는 보기 드문 부자연스러운 현상이야. 또 결정적으로——."

"······네, 네네야, 이제 그만해도 돼, 응?"

멈추지 않고 떠들어대는 네네를 진정시키려고 하는 미스미스.

그런 두 사람 옆에서.

"············."

"이스카 오빠, 왜 그래? 가만히 서서 무슨 생각 해?"

네네가 의아해하면서 물어봤다. 이스카는 눈앞에 있는 동력로를 눈짓으로 가리켰다.

"생각을 해봤어. 이게 완성되면 또다시 많은 성령술사들이 다치겠구나 하고······."

성령의 힘은 보통 인간이 보기에는 마법과도 비슷했다.

그 성질과 능력은 천차만별이지만, 강력한 성령에게는 제국 부대의 총기가 전혀 안 통하는 경우도 적지 않았다. 그런 성령술사들에게 대항하기 위해서 이런 병기를 만들었을 테지. 그건 이스카도 알고 있었지만······.

"악순환이야."

어깨에 저격총을 멘 진이 그런 말을 했다.

"제국이 동력로를 만든다. 황청은 그것을 파괴하려고 우리를 습격한다. 우리 편이 쓰러진다. 반격하기 위해서 좀 더 강력한 병기와 동력로를 개발한다. 성령술사가 쓰러진다. 100년 간 그런 일이 반복되면서 이 세계가 유지되어 왔다. ······뭐, 이건 다 스승님이 해주신 말씀이지."

그는 한숨을 한 번 크게 내쉬었다.

"전쟁의 계기가 무엇이었든지 간에, 지금까지도 이 전쟁이 길게 이어지고 있는 이유는 최종적으로는 감정론 때문이다. 이렇게 길게 이어진 이상, 이제는 아무도 이 전쟁을 논리로는 멈출 수 없어. 누군가가 공공의 적이 될 것을 각오하고 억지로 중단시키는 것 말고는 방법이 없어."

"중단시키는 것……."

"누군가가 생각하는 '평화 협상'도 그런 방법 중 하나이지. 실현 가능성은 둘째 치고."

진은 네네 앞을 통과해서 딱 멈춰 섰다.

정확히 이스카 앞에.

"새삼스런 이야기지만, 네뷸리스 황청은 대마녀 네뷸리스의 자손이 대대로 여왕이 되어 통치하는 나라다. 추측컨대 그 왕가의 혈통이 모두 다 강력한 성령을 지니고 있기 때문일 테지."

대마녀 네뷸리스의 직계 자손은 성령술사의 정점이다.

네뷸리스 왕가 일족은 다른 성령술사들과는 비교도 안 될 정도로 강력한 성령을 지닌 경우가 많다. 그래서 제국 의회는 그들을 「순혈종」이라고 부르며 특별히 경계한다.

"**그 순혈종을 포획한다**니. 보통 그런 생각은 하지도 않잖아. 그렇지, 보스?"

"으, 응…… 아무래도 그건 힘드니까…… 아마 다른 성령술사를 열 명 붙잡는 것보다 더 힘들 거야."

"열 명은 무슨. 천 명 붙잡는 것보다 더 어려워."

대장이 쭈뼛쭈뼛 대답하자, 저격수는 즉시 고개를 옆으로 흔들었다.

"100년 동안이나 이어져온 이 전쟁에서 순혈종을 포획한 적은 단 한 번도 없어. 역대 사도성조차도 간신히 물리쳤을 뿐이지. 그 정도로 네뷸리스 혈족은 비정상적으로 강해."

"그러니까——."

이스카는 진의 말을 이어받는 형태로 살짝 고개를 끄덕이며 말했다.

"순혈종을 붙잡으면, 네뷸리스 황청도 평화 협상에 응할 수밖에 없을 거라고 생각해."

"그 이야기는 벌써 천 번은 들었다."

이스카와 10년을 사귄 친구는 기막혀하면서 탄식했다.

"현재 제국도, 네뷸리스 왕가도 평화 따윈 생각도 안 하고 있어. 그러니까 저쪽 나라의 요인을 붙잡아 협박함으로써 강제적으로 평화 협상에 참가하게 만들겠다. 그게 바로 이스카, 너의 발상이잖아?"

"……하지만, 진 군?"

불안한 목소리로 끼어드는 부대장.

"만약 순혈종 마녀를 붙잡으면 제국이 유리해질 거 아냐? 그런데 과연 팔대사도가 순순히 그런 협상을 하려고 할까? 대등한 평화 협상을 하기는커녕, 전면적으로 항복하지 않으면 인질을 처형하겠다고 으름장을 놔도 이상하진 않을 것 같은데?"

"그러니까 이스카가 직접 붙잡아야 하는 거야."

두 나라의 입장이 최대한 대등해지는 평화 협상 조건.

팔대사도가 그런 조건을 제시하지 않는다면, 그는 **자신이 붙잡은 순혈종을 탈옥시킬 것이다.**

"1년 전에 실제로 마녀를 탈옥시킨 전적이 있으니까. 이스카가 마녀를 탈옥시키겠다고 협박한다면 그건 단순한 농담으로 치부할 수 없을 거야. 아니, 그나저나. 보스한테 이걸 설명해주는 게 벌써 몇 번째야?"

"아, 아하하…… 미안해. 내가 좀 기억력이 안 좋아서."

진이 팔짱을 끼고 지그시 쳐다보자, 미스미스 대장은 어색하게 웃었다.

"그래, 나도 부대장으로서 성령술사를 포획한다는 목표 자체에는 이견이 없어. ……순혈종은 조금 무섭지만."

"이스카 오빠는 한번 마음을 정하면 절대로 안 바꾸잖아~?"

네네가 그의 등을 꽉 끌어안았다.

"그래도 걱정할 필요 없어. 네네가 이스카 오빠를 잘 지켜줄 테니까! 이스카 오빠가 위험해지면 네네가 완벽하게 후방 지원을——."

"가자, 네네. 이스카와의 소꿉놀이는 나중에 제도에 돌아가서 해."

"아, 아야?! 진 오빠, 너무해!"

네네의 머리카락 끝을 붙잡고 성큼성큼 걸어가는 진.

"내 머리 다 끊어지겠어……!"

"안 끊어져. 인간의 머리카락은 같은 굵기의 구리줄보다 더 단단해."

"그런 쓸데없는 지식은 필요 없어!"

정수리를 손으로 누르면서 하는 수 없이 그쪽으로 걸어가는 네네.

그때 미스미스 대장이 두 사람을 불러 세웠다.

"진 군, 잠깐만! 아직 전선 부대와 연락도 안 했잖아. 제멋대로 행동하면 전선 부대한테 혼날 거야!"

"이미 연락은 했어. 태평한 인간이 느긋하게 병기 동력로를 구경하는 동안에."

"엄청 빠르네?!"

"어제오늘 교전은 벌어지지 않았어. 전선의 저격 팀이 성령 부대의 척후병을 몇 번인가 목격했다고 하는데, 빙화의 마녀처럼 보이는 인물은 없었다고 해."

"……정말로 오는 걸까?"

"조만간 또다시 동력로를 노리고 기습해올 가능성은 있어."

숲 속을 도보로 이동하는 진.

그의 목표물은 무성한 수풀 속에 숨겨진 군용차였다.

"전선 부대는『증원을 환영한다. 즉시 합류하길 바란다』고 했어. 그 정도로 빙화의 마녀를 경계하고 있다는 뜻이지. 이스카, 빙화의 마녀가 순혈종이라는 소문은?"

"틀림없는 사실일 거야. 팔대사도가 단언했으니까."

"자네는 자네가 해야 할 일만 하면 돼. 즉, 마녀를 타도하는 거야."

"평범한 마녀가 아니다. 대마녀 네뷸리스의 직계 후손인「순혈종」이야."

"아주 힘든 일일 테지만, 빙화의 마녀를 포획하면 분명히 평화 협상용 카드로 쓸 수 있을 거야."

"그렇지. 그러니까 네네, 차 출발시켜. 전선 부대와 합류한다."

"응, 출발할게!"

운전석에 앉은 소녀는 진의 명령대로 시프트 레버를 붙잡았다.

그와 동시에 맹렬한 속도로 회전하기 시작하는 대형 타이어. 거대한 나무들이 빽빽이 들어차 있는 숲길을 4인용 오픈카가 엄청난 기세로 질주했다.

"꺄웅?!"

미스미스 대장이 강아지 같은 비명을 지르면서 조수석에서 재주 좋게 이리저리 굴렀다.

"네네야, 네네야?! 아, 안전운전 하면 안 될까?!"

"괜찮아요, 괜찮아. 네네는 한쪽 눈 감고서도 이 정도는 쉽게 해치울 수 있어요."

"제발 부탁이야, 눈을 떠—————!!"

거대한 네우르카 나무와 수풀 때문에 시야가 좋지 않았고, 덤으로 울룩불룩 튀어나온 나무뿌리 탓에 지면도 울퉁불퉁했다. 그런 엉터리 길을 폭주 자동차가 달려가니까 미스미스가 당황하는 것도 당연했다.

"여, 역시 너무 오랜만이라 긴장되네…… 내가 지휘를 잘할 수 있을까?"

"불안한 것은 어쩔 수 없지."

뒷좌석에서 진이 턱을 괴고 빠른 어조로 말했다.

그 예리한 안광은 변함없이 숲 속 깊은 곳을 노려보고 있었다.

"이스카는 그동안 투옥당해서 몸이 둔해졌어. 나도 부대를 떠났었고. 네네도 반쯤 은퇴해서 아르바이트를 하면서 생활비를 벌고 있었지. 당연히 실전 감각도 잃어버렸어. 한동안 어딘가에 입원했던 환자들이 겨우 퇴원해서 복귀전을 치르는 거나 마찬가지인데, 이 상황에서 과연 빙화의 마녀와 잘 싸울 수 있을까 하고 걱정하는 거잖아?"

"……으, 응."

"기대할게요. 대장님은 이런 때야말로 진가를 발휘하시잖아요?"

이스카는 앞자리에 앉은 여자 대장을 향해 힘차게 고개를 끄덕이며 말했다.

"나도 진도 네네도 엄격한 팀플레이는 잘 못하는 편인데, 미스미스 대장님은 그런 것과는 거리가 머니까요. 규율을 지키면서도 대원들 각자의 판단을 존중해주시니까."

"그래, 맞아. 걱정 말고 구경이나 해. 성령술사와의 전투는 우리에게 맡기고, 당신은 뒤에서 명령만 내리면 돼."

"진 군, 이스카 군!"

대장이 눈꼬리에 맺힌 눈물을 닦아냈다.

"나 정말 기뻐. 이제는 둘 다 어른이 되었구나…… 특히 진 군, 겨우 1년 만에 이토록 친절한 아이가 되다니!"

"보스가 의욕적으로 나서서 총을 난사하기라도 하면 곤란하거든. 아군의 총에 맞아 죽을 위험을 감수할 바에야, 차라리 보스를 후방으로 보내서 지시만 내리게 하는 게 나아."

"으으————!!"

조수석에서 진에게 덤벼들려고 하는 미스미스 대장.

이 일련의 흐름을 구경하던 네네가 운전석에서 즐거운 듯이 이쪽을 돌아봤다.

"진 오빠도 참, 말은 그렇게 하면서도, 실은 저번에 우리 부대가 해산돼서 대장님이 무척 상심했을 때 '그 멍청이한테 고기라도 먹여서 기운 좀 차리게 해줘'라고 네네한테 부탁했었잖아?"

"어, 정말? 아니, 그런데 나보고 멍청이라니. 너무하잖아?!"

"글쎄. 그보다 네네, 앞이나 똑바로——."

앞이나 똑바로 보고 운전해라. 진이 그렇게 말하려다가 입을 다물었다.

그리고.

"뛰어!"

이스카와 진이 뒷좌석에 서서 동시에 소리를 질렀다.

"어?! 어?!"

"대장님, 꽉 잡아!"

네네가 운전석에서 미스미스를 와락 끌어안고 자동차 밖으로 뛰쳐나갔다.

오른쪽 좌석에서는 진이 저격총을 끌어안고 탈출. 이스카는 그 모든 행동을 지켜본 다음에 왼쪽 좌석에서 도약했다.

그 직후.

튼튼한 장갑으로 보호된 군용차가 새빨간 불길에 휩싸였다.

"네뷸리스 성령 부대인가?"

허공에서 몸을 비틀어 선회. 이스카는 등에 벨트로 고정시켜둔 한 쌍의 검을 뽑아 들고 지면에 착지했다.

이어서 그의 뒤쪽에 착지하는 네네와 미스미스.

"뭐야?! 여긴 아직 제국의 진지잖아?!"

"적이 아군의 방어선을 돌파했나 봅니다. 강력한 성령술사가 있는 거겠죠. ──네네."

"이스카 오빠, 통신이 들어왔어!"

손바닥만 한 크기의 통신기를 귀에 대는 네네.

"네우르카 진영의 통신 팀이 전 부대에 원호를 요청한다!"

"……꾸물거릴 틈이 없군. 이쪽의 기습도 그렇지만, 전선에서 잘 막아내지 않으면 성령술사 대군이 노도처럼 안쪽으로 밀고 들어올 거야."

착지한 진이 어깨에 멘 총의 안전장치를 풀었다.

그때 그의 등 뒤에서 수풀이 크게 흔들렸다.

"진, 후퇴해!"

그 순간 두 가지 일이 동시에 일어났다. 진의 등 뒤에서 거대한 불의 벽이 맹렬하게 다가왔고, 이스카의 흑강의 검이 그 불꽃 벽을 두 동강 내버렸다.

"……성령의 불꽃을 자르다니?!"

남녀 2인조 성령술사가 수풀 속에서 뛰쳐나왔다.

네뷸리스 성령 부대.

금속 섬유를 이용해서 만든 백은의 의복. 잠깐 동안이라면 기관총의 일제사격을 당해도 버텨낼 정도로 단단한 방어구였다. 총으로 충격을 줄 수 있는 부분은 오직 1센티미터도 안 되는 장갑의 이음매 부분밖에 없었다. 진의 저격총으로 공격하더라도, 그 외의 부분을 맞춘다면 별 효과가 없을 것이다.

"서, 성령술사가 둘이나 되잖아?! 다들 조심해!"

"둘인 건 보면 알아. 그리고 우리에게 조심하라고 할 시간이 있으면 자기 걱정이나 해. 굳이 큰 소리로 지령을 내리지도 말고. 누가 보스인지 다 들키잖아. 덤으로──."

"지금 한가하게 노도와 같은 지적이나 할 때야?!"

"지적받기 싫으면 얌전히 뒤로 물러나 있어."

울상이 되어버린 미스미스를 무시한 채.

눈앞의 적, 10미터도 안 되는 가까운 곳 있는 성령술사 두 명을 향해 총을 겨누는 진. 미스미스가 다시 말을 꺼내기도 전에 진이 망설임 없이 방아쇠를 당겼다.

지근거리에서 번쩍이는 총화.

그런데 두 성령술사는 꼼짝도 하지 않았다.

──공중에서 정지한 탄환.

탄환은 시간이 멈춘 것처럼 허공에 계속 머무르다가, 몇 초 후 주어진 운동 에너지를 전부 다 소비했는지 천천히 바닥으로 떨어졌다.

"그럴 줄 알았지. 총 앞에서도 태연하게 구는 이유가 있었군."

꼼짝도 하지 않는 남자를 노려보는 진.

"네놈이 동료의 방패인가 보군. 바람의 성령의 아종이지? 아까 공중에 멈춰 선 총탄이 희미하게 떨리던데. 그것은 압축된 공기의 벽에 탄환이 부딪쳤을 때 일어나는 현상이야. 그리고 저 여자가 불꽃의 성령을 지녔고. 우리 차를 망가뜨린 범인."

말없이 서 있는 성령술사 두 사람.

그렇다. 그들은 바로 제국 사람들이 두려워하는 초월적인 존재, 「마녀」와 「마인」이었다.

제국의 건물 하나를 통째로 무너뜨릴 수 있는 압도적 위력을 가진 성령도 있고, 소나기처럼 쏟아지는 총알들조차 무효화하는 철벽의 방어력을 지닌 성령도 있다. 네뷸리스 성령 부대는 이처럼 한 부대가 단독으로 제국 전선을 붕괴시킬 정도로 강한 힘을 가지고 있었다.

"뭔가 허전하네. 제국의 응원군은 고작 네 명이야?"

후드를 깊이 눌러쓴 여자가 입꼬리를 끌어올려 냉소를 지었다.

"됐어. 빨리 해치우고 다음 부대를 처리하러 가자."

지면이 꿈틀거렸다. 이어서 움푹하게 지면이 함몰되더니, 그

땅속에서 네뷸리스 성령 부대가 줄줄이 나오기 시작했다.

"항복할래, 아니면 전멸할래? 마음대로 골라봐."

"어? 어, 어떻게…… 어느 틈에 이런 짓을?!"

여덟 방향에서 그들을 포위하는 여덟 명과 눈앞의 두 명. 도합 열 명이나 되는 적이 등장하자 미스미스의 얼굴이 파랗게 질렸다.

"진 군, 이스카 군!"

"어…… 땅 계통의 성령인가? 하긴, 땅속에 숨어버리면 기척이고 뭐고 싹 사라지겠구나."

"대규모 술식(術式)이군. 꽤나 강력한 성령술사가 있는 것 같다."

"저기요, 둘 다 왜 그렇게 태평해?!"

"충분히 상정할 수 있는 상황이니까. ——이스카."

진이 가볍게 대답하고 슬쩍 눈짓을 했다.

"팔대사도에게 몰수당했던 성검. 네가 쥐고 있는 그거, 가짜는 아니지?"

"진짜야. 만져보면 알아."

"**좋아. 전부 다 벨 수 있어?**"

"감만 되찾는다면. 지금은 좀 힘들어. 그러니까 순순히 너희의 힘을 빌릴게."

이스카는 양손으로 검을 쥔 채 한 발짝 물러났다.

이어서 앞으로 나온 소녀에게 말을 걸었다.

"네네."

"위치 정보, 수송 완료——."

포니테일 소녀는 하늘을 향해 손바닥을 똑바로 뻗었다.

그 새끼손가락에는 기계 장치가 된 반지가 끼워져 있었다. 성령 부대가 그것을 눈치챘을 때에는 이미 포격이 시작된 상태였다.

"위성 『테트라비블로스의 별』, 성령용 그레네이드(유탄) 발사."

쏟아지는 그레네이드.

네우르카 숲 상공에서 탄환이 터졌다. 그러자 강렬한 빛과 충격파가 발생하면서 지표면에 뿌연 흙먼지를 일으켰다.

"헉······?!"

머리 위에서 가해진 기습. 성령술사들은 무릎을 꿇었다.

하늘을 떠다니는 이 위성은 제도의 제압 병기 개발부가 과거에 쏘아 올린 것인데, 기계 기술자인 네네가 그것을 실험용으로 맡게 되었다.

──성령용 병기.

성령의 움직임을 방해하는 파장을 2초 동안 반경 30미터에 걸쳐 전개한다.

그 2초 사이에 이스카가 움직였다.

"오른쪽, 다섯 명."

진에게 그렇게 외치고서 왼쪽으로 선회. 지금 자신들을 포위하고 있는 성령술사를 향해 단숨에 돌진했다.

"일개 제국 병사 주제에! 이런······ 잔꾀를 부려봤자 소용없다!"

성난 소리를 내면서 자욱한 흙먼지 속에서 튀어나오는 성령술사.

노출된 팔꿈치에 진홍색 문양이 그려져 있는 남자.

성문(星紋)——성령을 지녔다는 증거. 성문이 나타나는 부위는 개인마다 다른데, 강한 성령을 가지고 있을수록 성문은 더욱 크고 복잡한 형태를 이룬다고 한다.

이 불길해 보이는 얼룩도 그들이 제국 사람들에게 「마녀」「마인」으로서 멸시당하는 이유 중 하나였다.

"심지어 총도 없잖아? 이놈 제정신인가?!"

대답하지 않고 계속해서 전진했다.

보법. 극도로 단련된 체간(體幹)의 근력과 평형감각 덕분에, 양손에 검을 들었는데도 빠른 속도를 유지하면서 적의 품으로 파고들 수 있었다.

"이 자식!"

순식간에 검이 닿는 거리까지 접근한 이스카. 남자 성령술사는 바싹 긴장했다.

질주하는 이스카의 공격을 피할 수는 없다. 그는 순간적으로 그걸 깨달았는지, 성문이 있는 오른팔을 확 들어 올려 반격할 자세를 취했다.

——찬란하게 빛나는 진홍색 성문.

남자의 오른팔 주위에 붉게 반짝이는 불티가 생겨났다.

"맹화의 성령이여……."

"화염 계통이군."

"폭발해라!"

이스카의 머리 위에서 생겨난 불티가 눈 깜짝할 사이에 응축되었다. 그것은 한 아름 크기의 거대한 불덩어리가 되어 이스카를 덮쳤다. 화염에 휩싸여 쓰러지는 이스카——불꽃의 마인은 그런 미래를 상상했지만, 동료인 마녀의 비명 소리가 들리면서 그 환상은 깨져버렸다.

"안 돼! 뒤를————!"

"……윽………………."

경고해봤자 너무 늦었다.

소리 없이 쓰러지는 남자 성령술사.

"화염 계통의 성령은 제국에서 위험시되는 성령 중 하나. 전투복을 태울 뿐만 아니라 무기고의 화약이나 병기에도 불을 붙이니까. 그런데 그 약점은 『화염의 초기 단계인 불씨를 보면, 화염의 규모와 사출 각도를 예측할 수 있다』는 것이지. 그러니까 발동되기 전에 사정거리 밖으로 벗어나면 돼."

남자의 등 뒤에 서 있는 이스카.

화염이 착탄되기 전에 몸을 빙글 돌려 상대의 등 뒤에 파고들어서 그의 머리를 칼자루로 후려친 것이었다.

"발동되기 전에 공격을 감지하다니…… 그럴 수가, 그 시간은 1초도 안 될 텐데……."

"그런 훈련만 꾸준히 해왔거든."

"가, 가까이 오지 마!"

목덜미에 녹색 성문이 그려진 마녀——여자 성령술사가 얼굴을 힘상궂게 일그러뜨리면서 손을 앞으로 내밀었다.

바람의 성령.

싸잡아서 그런 카테고리로 분류되긴 하지만, 성령의 힘에 따라 「미풍」부터 「폭풍」에 이르기까지 다양한 위력을 보여주는 성령이다. 더 나아가 「바람 칼날」을 만들어내는 『낫족제비(공기로 된 칼날에 베인 것처럼 갑자기 피부가 찢어지는 현상. 일본에서는 족제비 요괴의 소행이라고 여겨짐) 성령』이라는 아종도 존재하므로, 그 성령의 정체는 실제로 공격을 받기 전까지는 정확히 파악하기 힘들다.

그러나 이스카로선.

바람의 마녀라는 정보만 알면 그걸로 충분하고도 남았다.

"바람의 성령이 만들어내는 바람은 보이지 않아. 불꽃의 성령에 의해 힘이 발동되는 경우와는 반대로, 그 공격에 반응하기는 어렵지. 하지만."

상대가 쭉 내민 손의 옆을 스쳐 지나갔다.

마녀가 잠시 눈을 깜빡거리는 사이에 이스카는 이미 몸을 낮춰 마녀의 발밑까지 다가가 있었다.

"바람이 생겨나기 전까지 딱 한순간 타임래그가 존재해."

탁…….

이스카의 손바닥이 무방비한 상대의 턱을 아래에서 위로 스치듯이 올려쳤다.

"_____."

돌풍이 발생하기 전에 마녀가 기절해버렸다.

숙주인 인간의 명령 행위가 중단되자, 그것의 통제를 받는 성령도 잠잠해졌다. 그리하여 그 힘의 잔재인 산들바람만이 이스카의 몸을 스쳤다.

간신히 반응하는 데 성공한 두 사람이 쓰러졌고.

나머지 세 사람은 아까 이스카가 지나쳐갈 때 모조리 혼절하고 말았다.

"진, 그쪽은?"

"끝났어."

뒤쪽에서 은발 저격수가 저격총을 바닥에 내려놨다.

네네가 일으킨 흙먼지 속에서 진의 등 뒤에 쓰러져 있는 성령술사들은 모두 다 장갑의 이음매 부분을 정확히 공격당해 축 늘어져 있었다.

몇 미터 앞도 제대로 보이지 않는 이 자욱한 흙먼지 속에서.

이렇게 시야가 나쁜데 장갑의 이음매가 눈에 보일 리 없었다. 그것을 완벽한 정밀도로 정확히 공격하다니, 그 기교는 감히 마술과 같은 기적이라고 할 만했다.

"후와아…… 솜씨는 여전하구나. 진 군도, 이스카 군도."

"네네가 그레네이드를 떨어뜨리기 직전까지 목표물과 계속 눈싸움을 했으니까. 그다음에는 흙먼지로 가려지든 말든 내가 기억해놓은 장소로 총을 쏘면 되는 거지. 실은 눈 감고 쐈어도 성공했을 거야."

총탄을 다시 장전하는 진. 그 모습을 멍하니 바라보는 미스미스 대장.

"어? 하지만 목표물은 옷과 옷의 이음매 부분이잖아. 그렇게 좁은 부분을⋯⋯."

"나는 토벌자다. 그 정도도 못하면 토벌자라고 할 수 없지."

네네의 광범위 공격으로 적을 혼란에 빠뜨렸을 때 후방에서 적의 주요 전력을 일격에 해치우는 것이 저격수인 진의 역할이다.

문제는 이런 협동작전을 적이 미리 눈치챘을 경우이다.

그래서 적이 네네나 진을 먼저 공격하거나, 또는 대장인 미스미스에게 집중포화를 퍼부을 경우에는 어떻게 할 것인가. 이때는 적의 주의를 끌어줄 미끼가 필요하다.

그게 바로 이스카——단독으로 성령 부대에게 돌진해서, 나머지 세 사람에 대한 성령의 공격을 모조리 자신에게 집중되게 만드는 위험천만한 돌격자 역할이다.

"1년 전이었으면 이놈들은 전부 다 이스카에게 맡기고 우리들끼리 먼저 갈 수도 있었을 텐데."

쓰러진 성령 부대를 내려다보는 진.

"전투를 싫어하는 전투광(戰鬪狂). 맞지?"

"⋯⋯⋯⋯."

이스카가 기절시킨 다섯 명의 성령술사.

네네의 공격을 피한 두 명에게 반격을 당했는데도, 이스카는 전혀 아랑곳하지 않고 그들을 때려눕혔다. 그것도 현대 제국의 상징이라고 할 만한 총기를 사용하지도 않고.

수라 또는 귀신.

그것은 죽음조차 두려워하지 않고 돌격하는 이스카의 전투를 목격한 성령술사가 붙여준 별명이었다.

그런데 이스카와 친한 제국군 동료들은 그런 이스카의 전투가 '이 전쟁을 하루라도 빨리 끝내고자 하는 비통한 전투'임을 알고 있었다.

——그러니까 전투를 싫어하는 전투광이다.

그는 누구보다도 전쟁을 멈추고 싶어 했다.

그렇기 때문에 전장에서는 누구보다도 먼저 나서서 싸우고, 성령술사를 모조리 구속하고, 순혈종을 붙잡아 인질로 삼음으로써 네뷸리스 황청을 평화 협상에 응하게 만들려는 것이다.

"누군가는 악역을 맡아야 하니까……."

지배를 꿈꾸는 제국 상층부는 그를 미워할 것이다.

네뷸리스 황청도 당연히 그를 원수처럼 여길 것이다.

"뭐, 스승님도 **양측**에게 미움 받을 테니 각오해두라고 말씀하셨으니까."

이스카는 흑강의 성검을 칼집에 집어넣고 뒤를 돌아봤다. 스승님의 성검을 물려받았을 때부터 그 정도는 이미 각오했다.

"그런데 대장님, 이 성령술사들은 어떻게 할까요?"

"으음…… 실은 당장 연행해 가고 싶지만, 빨리 전선으로 가봐야 하니까."

여전히 바닥에 쓰러져 있는 성령술사들을 살펴보는 미스미스 대장.

"전략 기지의 소대에 연락해서 옮겨 달라고 할까? 네네야, 연락 부탁할게."

"알았어~! 그럼 연락해둘게. 구속용 수갑도 차 안에 실어놨을 텐데. 차가 아직 불타고 있잖아. 꺼낼 수 있을까?"

불타오르는 군용차를 향해 돌아서는 네네.

소녀 기술자가 한 걸음 앞으로 이동했다. 그때 갑자기 엄청난 진동이 그 발을 덮쳤다.

"꺄, 꺄악?!"

미스미스가 가냘픈 비명을 지르며 넘어졌다.

좀 전에 네네가 포격을 퍼부었을 때보다도 더 시끄러운 굉음이 울렸다. 그리고 지면이 점점 부풀어 오르기 시작했다.

……지진. 아니, 아닌가?

……뭐야. 이 부정기적인 지면의 태동은.

마치 땅속에서 뭔가가 기어 다니는 것 같았다.

"연행 당하게 놔둘 수는 없지."

나무숲 사이로 들려오는 소녀의 목소리.

분노의 감정이 담긴 목소리였다.

"그들은 네뷸리스의 긍지 높은 동지들이니까. 제국의 개들아, 함부로 건드리지 마라."

숲의 지면이 부풀어 올랐다. 막대한 흙모래가 마치 지성을 가진 것처럼 한곳에 모여들어 인간 형태를 이루더니, 쓰러진 성령술사들을 지키려는 듯이 그 앞에 버티고 섰다.

"흙의 성령?!"

"……골렘. 심지어 생성 속도도 빨라."

네네가 한마디 하고, 진도 혼잣말을 중얼거렸다.

"기괴하군. 겉보기엔 평범한 소대 같은데, 내가 오기도 전에 성령 부대를 제압하다니."

나무들을 쓰러뜨리면서 나타난 흙덩어리 골렘.

골렘의 어깨에는 밝은 갈색 머리카락을 좌우로 묶은 소녀가 서 있었다.

그 차림새는 네뷸리스 황청의 성령 부대가 착용하는 의복이 아니었다. 마치 가정부 같은 앞치마를 걸치고, 끝자락이 땅에 닿을 것같이 긴 치마를 입고 있었다.

언뜻 보면 도저히 전투용 의복처럼 보이진 않았지만…….

"살아 숨 쉬어라."

소녀의 목소리에 맞춰 대지가 흔들리더니, 이스카를 비추는 햇살이 차단됐다. 두 번째 골렘 등장. 그 거대한 주먹이 이스카의 정수리를 향해 내리 꽂혔다.

"우선 한 놈부터 처리해주마."

"이스카 군?!"

대지가 함몰됐다. 네우르카 나무의 뿌리가 산산조각 나서 이리저리 튀어 오르는 가운데, 골렘이 내리친 주먹이 빠직 소리를 내면서 갈라졌다.

"──대장님."

메마른 소리를 내며 부서지는 거인의 주먹.

그놈의 손목을 순식간에 파괴한 흑강의 검을 손에 쥔 채, 이스카는 어느새 골렘의 어깨에 올라탄 성령술사 소녀와 대치하고 있었다.

"여긴 제가 맡을게요. 진과 네네를 데리고 합류 지점으로 가세요. 지금은 아군을 돕는 것이 최우선 과제입니다."

"아…… 하지만……."

"상당히 강력한 성령술사입니다. 네 명이서 상대해봤자 시간만 소모될 뿐이에요."

이스카는 세 사람을 등지고 한 쌍의 성검을 교차시키면서 전투 태세를 취했다.

부대장은 신속히 결단을 내렸다.

"아, 알았어. 조심해!"

그리고 조그만 발로 최선을 다해 지면을 밟고 달려갔다. 네네와 진도 그 뒤를 따랐다. 흙의 성령을 가진 듯한 성령술사는 그 세 사람에게는 눈길도 주지 않았다.

"추격은 안 해?"

"해야지. 일단 네놈부터 처리하고 동포들을 구출한 다음에 천천히 추격할 거야."

몹시 차가운 안광과 말투.

제국의 병사를 상대하는 그 태도는 그야말로 과거에 제국 전토에서 두려움의 대상이 되어 배척받았던 마녀라는 존재, 그 자체였다.

"골렘의 주먹을 절단한 그 기량. 과연, 그래서 혼자서도 나를 상대할 수 있다고 생각한 건가?"

"그렇다면?"

"자만하지 마라. 졸병 주제에."

등 뒤에서 꿈틀거리는 기운.

뒤를 돌아본 이스카의 눈에 비친 것은 주먹. 그것도 방금 그가 부순 주먹이었다.

"주먹이 재생된 건가?"

"재료는 흙이니까. 재결합을 명령하는 동안에는 골렘은 불사신 병사나 마찬가지다."

그런데 이스카가 놀란 이유는 따로 있었다.

재생 속도가 너무나 빨랐던 것이다.

물론 흙의 성령으로 간섭한다면 이 거인의 부분 재생은 가능할 테지만. 실제로는 말처럼 쉬운 작업이 아닐 것이다.

……대량의 흙모래를 이 정도로 가속시킨 원격 조종.

……성령 자체도 강력하고, 성령술사로서의 숙련도도 굉장했다!

앞머리를 아슬아슬하게 스치고 지나가는 거인의 주먹. 그것을 간발의 차이로 피하고 뒤로 점프했다. 그런 이스카의 몸놀림을 본 마녀가 화가 났는지 고운 얼굴을 찡그렸다.

"성령의 공격에 꽤나 익숙한 듯한 몸놀림이군. 설마 사도성……

제국의 최종 전력인가?"

"난 일개 병사일 뿐이야."

점프의 기세를 살려 거목의 줄기를 박차면서 신발 밑창의 진흙을 떨어냈다.

"대단한데? 순식간에 지면을 진창으로 바꿔놓다니."

저 소녀는 단순히 흙덩어리 골렘을 조종하기만 한 것이 아니었다. 방금 순식간에 이스카의 발밑을 진창으로 바꿔 움직임을 봉쇄하려고 했다.

적의 움직임을 막고 골렘의 주먹으로 때린다──.

마녀의 계책은 훌륭했지만 유일하게 예상치 못한 문제점이 있었다. 이스카의 체술(體術)이 지나치게 뛰어났던 것이다. 발에 들러붙는 진흙 때문에 움직임이 제한된 상태에서도 이스카의 질주는 골렘의 행동 속도보다도 더 빨랐다.

"하나만 물어보자."

진창으로 변한 지면을 사이에 두고 흙의 성령술사 소녀와 대치하면서 질문했다.

"혹시 네가 빙화의 마녀라는 성령술사인가?"

"……하하."

소녀는 조소로 답했다.

"마음대로 생각해라."

지면이 살아 있는 것처럼 꿈틀거렸다. 세 번째 골렘인가? 이스카는 그렇게 생각하고 대비했는데, 예상과는 달리 엉뚱한 것이

지면을 뚫고 뛰쳐나왔다.

──흙으로 된 창.

수십 개나 되는 날카로운 투척물이 땅속에서 폭발적으로 쏘아져 나왔다.

"흡!"

이스카는 땅을 한 번 박차고 골렘의 머리보다 더 높이 뛰어올라 공중제비를 넘었다. 그리고 세차게 날아드는 흙창들을 모조리 오른손의 성검으로 쳐내버렸다.

검을 단 한 번 휘둘러서.

무수히 솟구치는 창들 중에서 정확히 자신을 향해 날아오는 창들만 한순간에 선별. 그것을 흑강의 검으로 일격에 잘라냈다.

"……성령술을 절단하다니?!"

마녀의 목소리에 곤혹이 스며들었다.

성령이 생성한 흙창은 원시적인 무기처럼 보일지 몰라도, 실제로는 단순히 흙을 굳혀서 만든 골렘과는 달리 땅속의 광물을 굳혀놓은 아주 단단한 금속덩어리였다. 만약 골렘과 같은 강도인 줄 알고 이스카가 방심했더라면 그 창은 쉽게 그의 몸을 꿰뚫었을 것이다.

그런데 그것을 일격에 자르다니.

심지어 박살내지도 않고, 아름답기까지 한 절단면을 남기면서 일도양단을 하다니.

"이봐, 그 검은 도대체 뭐냐?"

"——성검."

제국의 최고 권력자인 팔대사도가 이스카라는 병사를 주목한 이유.

그것은 이스카의 검사로서의 초월적 능력은 물론이거니와, 이스카가 스승에게 물려받은 한 쌍의 검 때문이었다.

"검은색 성검은 『별을 차단』하는 능력이 있지. 베는 위치와 타이밍만 정확하다면, 온갖 성령의 간섭을 차단할 수 있어."

"성령의 간섭을 차단……? 흥, 허튼소리도 정도껏 해라. 그런 물건이 존재한다면 벌써 옛날에 제국 전역에서 무더기로 양산됐을 것이다."

"이건 만들어낼 수 없어. 이게 단 하나뿐인 진품이야."

"일개 병사가 그런 것을 소유했다고?"

"제국에서 지급해준 물건이 아니야. 검술을 가르쳐준 스승님이 주신 거다."

"…………."

한 쌍의 성검을 증오스럽게 내려다보는 소녀.

믿기지 않지만 진실인가 보다. 소녀는 이스카의 눈동자를 보고 그 점을 알아챈 모양이다. 이어서 질문을 했다.

"그렇다면 그 흑검과 한 쌍인 백검은 어떤 효과를 가지고 있나?"

"날카로운 질문이네."

이스카는 성령술사 소녀의 통찰을 순수하게 상찬했다.

"미안하지만 대답해줄 수 없어. 아, 하지만 정보 교환은 가능

해. 빙화의 마녀라는 성령술사가 있는 곳을 가르쳐준다면 나도 가르쳐줄게."

"……닥쳐라, 이 졸병아!"

소녀의 한쪽 눈썹이 격하게 꿈틀거렸다. 그녀는 조그만 입을 크게 벌리고 소리쳤다.

"네놈은 그분의 모습조차 눈에 담을 자격이 없다!"

"그렇게 말할 줄 알았어."

이스카는 칼날에 붙은 흙을 떨어내더니, 흙의 성령술사 소녀를 향해 돌진했다.

"하지만 나는 빙화의 마녀에게 볼일이 있거든."

"……웃기지 마라!"

소녀는 여유를 잃지 않았다.

"검의 힘만 가지고 언제까지 버티나 보자!"

골렘의 신체가 부서져 무수한 흙모래로 변했다.

그리고 그 흙모래가 공중에서 응축되어 좀 전과 똑같은 흙창으로 변해 이스카의 머리 위에서 아래로 쏟아졌다. 이스카는 그것을 보지도 않고 흑강의 검으로 튕겨냈다.

자르지 않았다.

성령술사 소녀를 노리고 일부러 그쪽으로 튕겨냈다.

"이럴 수가?!"

마녀라고 불리는 소녀가 골렘의 어깨에서 뛰어내렸다. 뺨을 스치고 지나가는 흙창. 그녀가 그쪽에 정신이 팔렸을 때 이스카는 둘 사이의 거리를 좁혔다.

"느리군."

소녀가 몸을 돌리려는 순간, 그는 그 앞을 막아서고 상대의 목에 검을 들이댔다.

"……! 이 자식, 정체가 뭐냐?"

굴욕과 경악으로 얼굴이 새빨개진 소녀가 입술을 꼭 깨물었다.

키는 이스카보다도 조금 작았다. 거리를 두고 대치하면서 봤을 때보다도 이렇게 가까이에서 보니까, 이 시종 같은 소녀의 모습이 좀 더 가냘프고 약해 보였다.

나와 비슷한 나이인가?

문득 그런 생각이 들었다. 이스카는 그 잡념을 떨치고 말을 이었다.

"너의 동료가 있는 장소. 가르쳐줘."

"안 가르쳐주면 어쩔 건데?"

피식 웃는 마녀.

"베어라."

"……베라고?"

뜻밖의 말을 듣고 반사적으로 되물어봤다.

"나를 베어라. 우리 성령술사들과 너희 제국의 개들은 공존할 수 없는 존재이다. 포로가 되느니 차라리 죽을 각오는 이미 되어 있다."

"어…… 저기, 으음……."

"억지로 뭔가 알아내고 싶다면, 고문하든지 투옥하든지 네 마음대로 해라."

계획이 틀어졌다. 그것이 이스카의 솔직한 심정이었다.

이스카의 목적은 오직 빙화의 마녀 한 사람뿐이었다. 여기서 쓸데없이 다른 마녀를 붙잡는다면 오히려 빙화의 마녀가 그를 경계하게 될 것이다.

"뭐 하는 것이냐? 어서 베어라!"

"_____."

진퇴양난이었다. 이대로 구속할까, 아니면 기절시켜서 다른 부대에 넘길까.

이스카의 관심이 잠시 소녀에게서 딴 데로 쏠린 순간.

"적의 코앞에서 딴짓을 하다니…… 빈틈투성이구나!"

소녀가 스커트를 찢었다.

아니. 애초에 소녀의 옷은 이런 상황을 상정해서 특수하게 가공해놓은 전투복이었다.

"윽, 천으로 시야를 막다니?!"

"흥, 칼로 위협하면 겁먹어서 꼼짝도 못 할 줄 알았나?"

소녀는 찢어버린 스커트 천의 일부로 이스카의 검을 휘감아 묶고, 나머지 스커트 천으로 시야를 막아버렸다.

"나는 앨리스 님의 시종이자 호위병이다. 이런 근접전에도 익숙해."

여분의 천을 찢어버리고 미니스커트 차림이 된 소녀.

손에는 접이식 단검을 들고 있었다. 허벅지에 벨트로 고정시켜 둔 암기. 전쟁터에 어울리지 않는 긴 스커트로 그것을 감추고 있었던 것이다.

"죽어라!"

소녀는 단검을 휘둘렀다. 예리하고 잔인한 칼날이 스커트를 찢으면서 소년을──.

그 직후.

"…………으윽?!"

소녀 시종은 딱딱한 지면에 쾅 떨어졌다. 그대로 엎드린 자세로 제압당했다.

"……어, 어떻게…… 이럴 수가?!"

"방심할 뻔했네. 날붙이 방어 섬유가 들어간 스커트의 천으로 내 검을 휘감아 묶어놓고, 나의 시야까지 가로막은 다음에 암기로 반격하다니. 성령술사 중에서 이런 암살 기술을 습득한 전사가 있을 줄은 몰랐어."

도대체 언제 자신이 제압당한 걸까. 이해할 수 없었다. 어리둥절해하는 소녀의 어깨 관절을 꽉 누르면서, 이스카는 문득 한숨을 내쉬었다.

"설마 성령술사가 무기를 사용할 줄이야."

"……그런 맹점을 찌른 나의 기습을 가뿐히 물리치고 나를 제압해버린 네놈의 정체는 도대체 뭐냐."

뿌드득. 어금니를 깨무는 마녀.

"글쎄, 아무튼 질문을 바꿔볼게. 방금 앨리스 님의 시종이라고 했잖아. 앨리스 님이 누구야?"

"......!"

소녀의 표정이 변했다.

"설마 그게 빙화의——."

"그건 내 이름이야."

자신의 밑에 있는 소녀가 낸 소리가 아니었다.

그럼 누구지? 등 뒤에서 울려 퍼진 목소리에 반응하여 뒤돌아보려고 했을 때.

......등골이 오싹해졌다.

이런 느낌은 난생처음이다. 그렇게 단언할 정도로 심한 오한이 느껴졌다. 이스카는 모든 것을 포기하고 즉시 뛰어올랐다.

"가르쳐줄게. 몸으로 직접 느껴봐."

——『대빙화(大氷禍)』——

빠직.

대기가, 거목이, 지면이, 눈에 보이는 모든 것이 환상적인 하얀 안개에 감싸였다.

이스카의 동체시력이 일순 포착한 광경. 그 후, 눈앞의 「세계」 자체가 새파랗게 빛나는 차가운 얼음으로 뒤덮여버렸다.

"으윽?!"

목과 팔에서 느껴지는 지독한 한파. 빙설이 섞인 찬바람이 닿자마자 그의 손발이 맹렬히 떨리기 시작했다.

……이만큼 높은 곳으로 피했는데도 이 정도 한기가 느껴지다니?

……지금 지상은 얼마나 추워진 거야?!

자박. 얼음을 밟는 발소리가 울려 퍼졌다.

수해 속에 생겨난 얼음 언덕. 그곳에 드레스를 입은 소녀가 서 있었다. 호화로운 헤드 드레스 때문에 얼굴은 보이지 않았지만, 거기서 놀랄 만큼 젊은 목소리가 흘러나왔다.

"린. 다치진 않았니?"

"앨리스 님!"

시종 차림의 마녀가 앨리스라는 소녀를 쳐다봤다.

이스카와 대치할 때와는 딴판으로 밝고 환한 표정과 목소리. 단순히 동료 성령술사가 도와주러 왔을 뿐이라면 이토록 기뻐하진 않을 것이다.

──절대적 숭경과 신뢰.

──이 주인님만 계신다면 어떤 고난과 역경도 다 헤쳐 나갈 수 있다. 그렇게 믿는 표정이었다.

이윽고 이스카는 **착빙**(着氷)했다.

"……믿을 수 없군."

내뱉은 숨이 순식간에 하얗게 빛나는 얼음으로 변했다.

이 일대의 지면 전체가 빙설로 덮여 있었다. 주위의 거목도 수풀도, 눈에 보이는 모든 것이 하나같이 꽁꽁 얼어붙은 상태였다.

마치 빙하기가 다시 온 것 같았다. 그것도 이스카가 공중으로 도망쳤던 몇 초 만에 이루어진 일이었다. 이런 일을 해내려면 도대체 얼마나 엄청난 냉기를 방출해야 하는 걸까?

　　……그때 반사적으로 점프하지 않았더라면.

　　……나도 저항조차 못 하고 얼음덩어리 속에 갇혀버렸을 것이다.

　　"앨리스 님, 조심하세요. 이 남자가 가진 검은 어찌 된 영문인지 성령술을 잘라내고 차단하는 모양입니다."

　　"고마워, 린. 하지만 그건 사소한 문제야."

　　"네?"

　　"방금 그 일격이 성공했더라면 검 따윈 문제가 되지 않았을 거야. 그런데 용케 피했네."

　　새로 등장한 마녀는 린이라는 소녀의 머리를 쓰다듬더니 이쪽으로 고개를 돌렸다.

　　──아름다운 장식으로 뒤덮인 드레스.

　　──얼굴을 가린 베일 형태의 헤드 드레스도 눈부시게 화려했다.

　　린이라는 소녀와는 다른 의미에서 전장에 영 어울리지 않는 모습이었다. 지나치게 눈에 띄는 복장도 그렇고, 굳이 얼굴을 가리는 헤드 드레스도 그렇고.

　　자신이 네뷸리스 황청의 요인이라고 고백하는 거나 마찬가지였다.

　　"그래도 결과는 좋은 편이야. 린, 시간을 벌어줘서 고마워."

"시간을 벌다니?"

"내 뒤에 뭐가 있는지 알아?"

자신의 등 뒤를 가리키는 드레스 차림의 소녀.

저 멀리. 모든 것이 꽁꽁 얼어붙어버린 수해의 너머에 존재하는 것은.

"……동력로?!"

이스카의 눈에 비친 것은 거대한 얼음덩어리로 뒤덮여 동결돼버린 동력로였다.

가물가물할 정도로 멀리 떨어져 있는데도, 그 모습을 육안으로 똑똑히 확인할 수 있었다.

그토록 울퉁불퉁하고 딱딱해 보이던 병기 동력로가 이제는 수정처럼 매끈한 얼음기둥으로 다시 태어나서 햇빛을 받아 반짝반짝 빛나고 있었으므로.

그것이——.

"무너져라."

드레스 입은 소녀의 한마디와 더불어, 마치 뭔가에 짓밟힌 것처럼 찌그러지면서 변형되더니 이윽고 붕괴의 굉음을 내며 폭삭 무너져 고철덩이가 되어버렸다.

"……처음부터 목적은 그거였나."

이스카는 속으로 후회했다.

미스미스, 진, 네네는 전선으로 향했고, 지금 그곳에서는 아군이 성령 부대와 교전 중. 현재 이스카가 서 있는 장소는 그 전선으로 가는 중간 지점이었다.

그런데 적의 목적은 기지를 직접 공격하는 것이었다.

"너 혼자서 제국의 전략 기지를 침공한 건가?"

"그래. 뭐 문제 있어?"

소녀의 드레스는 흠집은커녕 먼지 하나조차 없이 깨끗했다.

제국 기지에는 방어 부대가 있었을 것이다. 그곳에 마녀가 나타났다면 당연히 포위당해서 총알 세례를 받았을 터이다. 그런데…….

"아, 맞아. 문제는 있었어. 당신이라는 문제."

신비로운 베일 너머로 느껴지는 차가운 적의의 시선.

"실은 그 거점에서 포로를 백 명쯤 붙잡고, 또 최신 무기도 입수해서 해석해보고 싶었는데 그럴 수가 없었어. 서둘러 이쪽으로 돌아와야 했거든. 안 그러면 린이 포로로 붙잡혔을 테니까."

"_____."

"당신은 뭐 하는 사람이야? 사도성도 아닌 인간이 린을 압도하다니."

성령술사 소녀의 질문에 대해.

이스카는 선전포고에 가까운 대답을 했다.

"나는 너를 붙잡으러 온 사람이다."

"붙잡는다고? 감히 누구에게 그런 말을 하는 거야? 죽음보다도 더 무서운 빙설의 고통을 맛보고 싶지 않다면, 당신이야말로 당장——."

"항복해라."

"항복해."

하얗게 빛나는 세계에서.

쌍검을 쥔 소년과, 드레스를 입은 소녀가 동시에 서로에게 말했다.

"……제국의 검사. 당신의 이름이 뭔지 알려주겠어?"

"이스카."

이스카는 쌍검을 쥔 채 순순히 대답했다.

사도성이라면 이렇게 이름만 알려줘도 과거의 전투 데이터까지 다 파악 당할지도 모르지만, 자신은 그럴 염려가 없었다.

"너는?"

"앨리스리제 루 네뷸리스 9세. 당신도 이미 눈치챘지? 제국 사람들이 『빙화의 마녀』라고 부르는 성령술사가 바로 나야."

얼음 언덕 위에 서 있는 소녀.

그 얼굴은 헤드 드레스에 가려져서 잘 보이지 않았지만, 숲 속에 울려 퍼지는 당당하고 깨끗한 그 목소리는 긍지 높은 소녀의 청렴함으로 가득 차 있었다.

"당신 혼자서 네뷸리스의 성령 부대를 궁지에 몰아넣은 거야?"

"너 혼자서 제국의 병기 동력로를 파괴해버린 거냐?"

두 사람은 그렇게 동시에 말을 꺼냈다.

"……맞아."

긍정하는 이스카. 그에게서 좀 떨어진 곳에서는 의식을 잃은 성령술사 두 명이 바닥에 쓰러져 있었다.

"당신, 정체가 뭐야? 천제 직속 호위인『사도성』도 아니고 한 부대의 대장도 아닌 일개 병사가 네뷸리스의 성령 부대를 압도하다니. 어떻게 그럴 수가 있지?"

"그건 내가 하고 싶은 말이야. 겨우 혼자서 제국의 거점까지 쳐들어와서 방어진을 뚫고 동력로를 파괴하다니…… 보통 성령술사가 할 수 있는 짓이 아닌데."

고대 빙하기를 연상시키는 냉기와 빙설로 얼어붙은 숲.

그 숲 너머의 먼 곳에는 부서진 병기 동력로가 있었다. 강철로 된 동력로의 장갑은 방금 초저온과 빙설의 압력을 이기지 못하고 붕괴되고 말았다.

……이것이 빙화의 마녀인가.

……확실히 이런 대규모 성령술은 난생처음 보는 걸지도 몰랐다.

다른 성령술사와는 차원이 달랐다. 똑같은 얼음 계통의 성령술사를 열 명쯤 데려오더라도 이 정도 규모의 냉기를 생성하기란 불가능할 것이다.

그렇기 때문에 이스카는 확신했다.

이토록 강력한 성령을 지니고 있는 빙화의 마녀는 틀림없이 네뷸리스 왕가의 일원일 것이다. 그것도 현재의 네뷸리스 여왕과 매우 가까운 인물일 것이다.

"너, 정체가 뭐야?"

"당신, 정체가 뭐야?"
기계로 된 이상향인 『제국』이 만들어낸 비장의 카드
──흑강의 후계자 이스카.
마녀들의 낙원 『네뷸리스 황청』에서 탄생한 최고위 마녀
──빙화의 마녀 앨리스.

그 두 사람이 동시에 움직였다.

"벽이여, 적을 짓눌러라!"
앨리스가 그렇게 말한 순간 이스카의 발밑에 있던 얼음이 갈라
졌다.
쩍 벌어진 얼음의 균열에 발이 빠진 이스카가 멈칫하는 사이
에, 전후좌우에서 높이 솟아난 얼음벽이 이스카를 짓누르려고 일
제히 몰려왔다.
"……포위 공격인가."
검으로 절단하기에는 너무 거대했다.
그렇게 판단한 이스카는 자신에게 제일 빠르게 다가오는 얼음
벽을 향해 달려갔다.
"스스로 얼음벽으로 돌진하다니?!"
앨리스의 시종인 린이 눈을 휘둥그렇게 떴다. 이스카는 자세를
낮춰 슬라이딩하듯이 얼음 위를 미끄러져 갔다.
──얼음벽과 얼음벽 사이.

닥쳐오는 얼음벽의 네 귀퉁이가 완전히 닫혀버리기 전에 그 틈새를 통해 밖으로 빠져나갔다.

"그럴 줄 알았어. 린을 압도한 인간이라면 이 정도는 당연히 피해야지."

빙화의 마녀는 베일 아래에서 도전적인 미소를 지었다.

"『빙화, 천 개의 가시 눈보라』."

"얼음 검?!"

일부러 피하기 쉬운 틈새를 만들어서 그쪽으로 유도한 건가?

이스카는 뒤늦게 그 사실을 깨달았다. 틈새로 빠져나오자마자 번쩍번쩍한 수백 개의 검이 그를 맞이해줬으므로.

얼음에서. 대기에서. 또 얼어붙은 거목의 줄기에서도 얼음 검이 잇따라 생성됐다.

린이 만들어낸 흙창은 공중에서 회피할 수 있었다. 그러나 얼음 검은 이스카의 주위를 빙 둘러싸는 형태로 생성되었다. 도망칠 곳이 없었다.

"사방팔방을 모조리 뒤덮는 천 개의 검. 피할 수 있으면 피해봐."

성령술사 소녀가 손을 치켜들었다.

"꿰뚫어라."

이스카의 머리 위, 옆, 아래쪽에서 얼음 검이 소나기같이 세차게 쏟아졌다.

회피도 방어도 불가능. 그럼 어떻게 할까?

──문답무용으로 정면 돌파한다.

이스카는 두 개의 성검을 움켜쥐고 얼음 위를 달렸다.

"하앗!"

자신의 옆구리를 노리는 칼을 까만 성검으로 후려쳤다.

즉시 몸을 팽이처럼 회전시켰다. 발밑에서 생성된 검이 전투복 옷자락을 가볍게 뚫고 지나가는 것이 느껴졌지만, 그것을 종이 한 장 차이로 아슬아슬하게 피했다.

좀 더 앞으로.

공중에서 생겨난 검을 왼쪽 검으로 단숨에 튕겨냈다.

튕겨진 검이 허공을 가로질러 다른 검을 격추시켰다. 그동안에도 그는 눈에 언뜻 보이는 검을 오른쪽 검으로 후려치고, 바로 뒤에서 날아오는 검을 기척만으로 감지해서 받아냈다.

"——위구나!"

사각지대에서 생겨나는 검과, 그것을 감지한 이스카.

감지하고 반격하는 데까지 걸린 시간은 1초 미만. 뒤도 돌아보지 않고 몸을 움직였다.

얼음 검이 생성될 때마다 공기의 흐름이 아주 약간 달라진다. 이러한 기류 변화와, 얼음 검 자체의 냉기. 그것을 감지해서 즉시 반응하는 것이었다.

"……굉장하네."

반쯤 질려버린 얼굴로 그런 말을 한 사람은 다름 아닌 빙화의 마녀, 앨리스 본인이었다.

"하지만 그래봤자 소용없어. 성령은 별의 의지 그 자체니까. 성령을 거절한 제국군이 나를, 또 나의 성령을 이길 수는 없어."

이스카가 쳐서 떨어뜨린 얼음의 칼날은 도합 백 개도 안 될 것이다.

그 백 개를 쳐내는 것이 고작이었다. 앨리스가 서 있는 빙설 언덕에 도착하기는커녕 점점 뒤로 밀려나기만 했다.

"윽……."

제대로 쳐내지 못한 검의 칼끝이 이스카의 오른팔을 스치고 지나갔다.

그 아픔으로 인해 이스카의 집중력이 한순간 흐트러졌다. 빈틈이 생기자마자 왼쪽 허벅지와 옆구리와 어깨 등 온갖 부위에 칼날이 스치듯 닿았다.

"그 정도가 한계구나."

"**아니야.**"

이스카가 들고 있는 백강의 검이 빛났다.

린이라는 시종에게 보여준 흑강의 성검은 모든 성령의 힘을 차단한다. 그리고 그것과 한 쌍인 또 하나의 검은——.

"**눈을 떠라.**"

얼음 검. 빙화의 마녀가 성령으로 만들어낸 것과 똑같은 얼음 무기가 이스카의 머리 위 허공에서 불쑥 나타났다.

"앨리스 님과 똑같은 성령술을 쓰다니?! 네 이놈…… 그 능력은 대체 뭐냐?!"

"내 능력이 아니야. 이 성검의 능력이다."

하얀 성검이 가진 능력은 『별의 해방』.

——검은 성검은 온갖 성령술을 베어버리고.

——하얀 성검은 검은 성검이 마지막으로 벤 성령술을 딱 한 번 『재현』한다.

푸르스름한 빛이 이스카를 비추었다.

그것은 앨리스가 만들어낸 것이 아니라, 이스카가 검은 성검으로 차단해서 하얀 성검으로 재현한 성령의 술식이었다.

"97개. 검은 성검으로 차단한 양만큼 하얀 성검으로 해방시킬 수 있어."

"그 정도 양으로 뭘 할 수 있는데? 그것만 가지고는 나의 성령술을 상쇄시킬 수 없어."

"상쇄? 그건 아니야. 내 목적은······."

이스카는 뺨에 생긴 상처를 손등으로 문지르더니 하얀 성검을 대지에 거꾸로 꽂았다.

"너에게 닿는 것이다."

발사되는 97개의 얼음 검. 앨리스가 생성한 것과 똑같은 검들이, 이스카를 향해 날아오는 검들을 하나하나 격추시켰다.

——그와 동시에 이스카는 달리기 시작했다.

얼음 세계.

그 중심에 서 있는 빙화의 마녀를 향해 일직선으로.

이스카가 쏘아낸 얼음 검으로는 앨리스의 성령술을 상쇄시킬 수 없지만, 몇 초 동안 이스카가 전력으로 질주할 시간은 벌 수 있었다.

"앨리스 님!"

이스카의 목적을 눈치챈 린이 반사적으로 주인의 이름을 불렀다.

빙설 언덕을 뛰어 올라가는 이스카. 엄청난 가속과 질주였다. 그동안 침착하게 서 있던 앨리스가 처음으로 방어 자세를 취했다.

"좋은 판단……이라고 말해주고 싶지만, 그래도 소용없어."

오른팔을 앞으로 쭉 뻗고 손가락을 튕겼다.

빠직 소리를 내면서 발밑에서 뭔가가 생겨났다. 더없이 아름다운 거울 방패였다.

"『빙화(氷花)』."

단단하고도 깨끗한 소리가 얼음 숲 속에 울려 퍼졌다.

"윽, 딱딱해!"

이스카는 검을 내리친 자세 그대로 얼굴을 일그러뜨렸다.

앨리스 앞에 피어난 커다란 얼음 꽃이 성검을 막아낸 것이다. 온갖 성령술을 차단하고 강철조차 잘라버리는 이 검을.

"이것은 무적의 방패야. 제국의 대규모 파괴 병기의 화력조차 막아낸 적이 있어."

"……공격도 방어도 만능이군."

"맞아. 그러니까 이제 슬슬 포기해!"

거대한 얼음 꽃에서 발사된 냉기가 이스카를 하늘 높이 날려 보냈다.

그의 낙하지점을 계산해서 무수한 얼음 검을 설치하는 앨리스. 그런데——어째서 팔대사도가 세상에 단 한 쌍밖에 없는 성검을 이스카에게 맡겼는지. 앨리스는 아직 그 이유를 잘 몰랐다.

흑강의 후계자라고 불린 소년의 「집념」을 잘 몰랐다.

"……포기……하라고……?"

이스카는 상공으로 튕겨 날아간 상태에서도 입술을 꽉 깨물고 그런 말을 했다.

"여기서 포기하면, 누가 이 전쟁을 멈춘단 말이야?!"

"——뭐?"

앨리스와 린이 한순간 그쪽에 정신이 팔려 이스카를 쳐다봤다. 이스카는 양손의 성검을 눈앞의 거목 줄기에 콱 꽂아 넣었다.

얼어붙은 나무줄기에 깊숙이 꽂히는 성검.

이스카는 그 줄기를 발판 삼아 지그재그로 뛰어올랐다. 그렇게 점프하면서 옆에 있는 나무들로 빠르게 이동했다.

앨리스가 그 초인적인 고속 이동을 눈으로 따라잡지 못하고 이스카의 모습을 놓쳐버린 순간. 이스카는 무적의 방패인 얼음 꽃을 뛰어넘어 앨리스의 등 뒤에 착지했다.

"아앗?!"

빙화의 마녀. 공포의 대상이 되어온 그 소녀는 경악하여 비명을 지르면서 뒤를 돌아봤다.

"덩굴이여, 구속해라!"

검을 높이 치켜든 이스카의 발목에 들러붙는 얼음 덩굴. 이스카가 착지한 얼음 위에서 뻗어 나온 덩굴이었다.

"정말 끈질기구나……! 빨리 항복하든지, 아니면 쓰러지든지 해!"

"그건 내가 할 말이다!"

얼음 덩굴이 전신을 휘감기 전에 재빨리 잘라냈다.

그동안.

성령술사 소녀는 빙설 언덕을 올라가서 이스카와 멀찍이 떨어졌다.

"……앨리스 님이 후퇴하시다니?!"

린은 그 광경을 보고 놀랐다. 믿을 수 없었다.

이스카가 얼음 덩굴을 잘라내는 동안에 얼마든지 그를 추격할 수 있었을 것이다. 그런데 앨리스는 그런 자신의 우위를 포기하고 멀리 떨어지는 것을 선택했다.

——두려워한 것이다.

——괜히 추격했다가 역습을 당할까 봐.

어중간한 공격은 이 검사에게 통하지 않는다. 그는 초인적인 움직임으로 공격을 피하고, 기회만 있으면 상대의 목을 물어뜯으려고 덤벼든다. 그래서 도망치기로 한 것이다.

"기가 막히네."

하얗게 빛나는 숨이 베일 밑의 입술 사이로 흘러나왔다.

"기가 막혀?"

"그래. 당신 말이야."

빙설 언덕에서 이스카를 내려다보는 앨리스.

"몇 번이나 내가 이겼다고 생각했는데도, 끈질기게 살아남아서 계속 공격해오는 짐승…… 그러니까 기막히다는 거야. 우리를 마녀나 마인이라고 부르면서 실컷 욕하는 주제에, 실은 당신이 훨씬 더 비인간적인 짐승이잖아."

"……누가 할 소리."

이마에 맺힌 땀을 닦으면서 대꾸하는 이스카.

숲을 통째로 얼려버리는 냉기와, 제국의 대군조차 괴멸시킬 수 있는 무수한 얼음 검.

도시 하나쯤은 쉽게 파괴할 만한 공격력을 자랑하면서도, 또 이쪽의 공격은 무적의 얼음 꽃으로 막아낸다.

"너도 마찬가지잖아."

"칭찬이라고 생각할게. 그런데 나는 물러설 생각은 없어. 너희 제국을 쓰러뜨리고 세계를 통일한다는 이 야망은 아무도 방해하지 못해."

"……세계통일?"

"침략도 박해도 존재하지 않는 영원한 평화. 과연 당신이 이해할 수 있을까?"

이스카가 예상외의 반응을 보여줬기 때문일까. 소녀는 은근히 만족한 것처럼 가슴을 활짝 펴고 말했다.

"그래. 그게 바로 나, 네뷸리스 황청의 왕위 계승권자인 앨리스리제————엣, 으아아아아아악?!"

가슴을 펴고 한 걸음 앞으로 나선 순간.

쑥 튀어나온 얼음에 발이 걸렸다. 어린 마녀는 비명을 지르며 넘어졌다.

"꺄아아아아아아아악?!"

"헉?!"

빙설 언덕 위에서 미끄러져 내려오는 성령술사 소녀.

그 순간 이스카는.

"……후, 후유."

"괘, 괜찮아?"

얼음 언덕길을 따라 굴러 내려온 소녀를 반사적으로 받아 안았다.

"어, 저기, 고마워…… 어? 자, 잠깐, 뭐뭐뭐뭐야, 왜 이래?!"

"……무심코."

조건반사적으로.

그렇게 말하려고 했다. 그런데 이스카는 뒷말을 잇지 못했다.

그가 안아든 빙화의 마녀. 그 얼굴을 가리던 헤드 드레스가 낙하의 충격으로 인해 벗겨졌기 때문이다.

"―――어?"

앨리스도 그 사실을 깨달았는지 자기 얼굴을 손으로 만졌다.

마침내 드러난 소녀의 얼굴.

너무나 환상적인 미모였다.

완벽한 이목구비와 기품 있는 표정. 길고 반짝반짝한 속눈썹과

연한 붉은색 입술. 동화 속 공주님의 미모도 이 소녀 앞에서는 빛이 바랠 것이다. 그 정도로 사랑스러운 미모였다.

"…………."

얼음 세계에서 마치 시간이 멈춘 것처럼 그들은 서로를 쳐다봤고——.

"! 봐, 봤구나!"

성령술사 소녀가 먼저 정신을 차렸다. 이스카의 손을 뿌리치고 뒤로 물러나 위협하듯이 손을 앞으로 내밀었다.

"내 얼굴이 제국에 알려지면 안 되니까! 더 이상 봐주지 않을 거야!"

이를 악물고 상대를 노려보는 성령술사 소녀.

"여기서 결판을——."

"이스카 오빠!"

그때 동료의 목소리가 저 멀리서 울려 퍼졌다.

"네네?!"

"이스카 군! 저기, 이 얼음은 뭐야?!"

이어서 미스미스 대장님의 목소리도 들렸다.

"혹시 빙화의 마녀가 근처에 있는 건가?! 진 군, 네네야, 너희들도 조심해. 적이 어디에 숨어 있을지 몰라아아아아아아아앗?!"

"얼음 위에서 뛰면 미끄러져. ……라고 말하기도 전에 미끄러졌군. 나 참, 보스……."

진심으로 기막혀하는 진의 목소리. 그리고 발소리. 숲이 온통

얼음으로 뒤덮여 있어서 시야가 좋진 않았지만, 아무튼 근처까지 동료들이 와 있는 것 같았다.

그 기척을 알아챘는지.

"……린, 후퇴하자."

"애, 앨리스 님?! 이 녀석은 어쩌고요?!"

"동력로는 파괴했어. 적의 원군이 온다는 사실을 알면서도 계속 머무르는 것은 위험해."

빙설 언덕을 달려가는 두 마녀.

린이 만들어낸 흙덩어리 골렘에게 부하 성령술사들을 운반하라고 지시한 후, 그들은 숲의 상공에서 날아 내려온 괴조의 등에 올라탔다.

"이스카라고 했지?"

네뷸리스 황청의 공주가 이스카를 돌아봤다. 제국의 그 누구에게도 알려지지 않은 자신의 얼굴을 남에게 들켰다는 치욕과, 실수에 대한 부끄러움 때문에 얼굴을 빨갛게 붉힌 채로.

"오늘만은 봐줄게. 다음에는 반드시 처치할 테니까 각오해!"

숲 속에 울려 퍼지는 날갯짓 소리.

이스카는 하늘 높이 사라져가는 괴조와 두 소녀의 모습을 지켜봤다.

"이스카 구————운, 다행이야, 무사했구나?!"

"으악, 대장님?"

어린아이 같은 대장님이 이스카를 보자마자 와락 달려들었다.

"걱정했어. 괜찮아? 어디 안 다쳤어?"

"……다쳤을지도 모르는 상대에게 와락 달려드는 것도 좀 이상하지 않아요?"

한편.

네네와 진은 눈앞에 생겨난 빙설 언덕을 우러러보면서 한숨을 쉬었다.

"이게 뭐야? 저기, 진 오빠. 이게 진짜로 성령술이야?"

"소문에 듣던 대로 굉장한 성령술사인가 보군. 마치 빙하기가 온 것 같잖아. 우리가 합류한 전선 부근까지도 얼음이 밀려왔어."

"……응. 보다시피 이런 느낌이야."

얼어붙은 숲을 둘러보면서 어깨를 으쓱했다.

"네가 성령술사와 싸우다가 다치다니, 이게 얼마 만이지? 상처는 꼭 소독해."

"아, 맞아. 이스카 군. 빨리 치료하지 않으면 균이 들어갈 거야."

"네."

두근, 두근. 심장이 뛰는 것을 느끼면서 이스카는 고개를 끄덕였다.

……이 두근거림은 뭘까?

……전투의 긴장. 뭐지? 지금까지 이런 적은 없었는데.

전투의 긴장이 아직 풀리지 않아서인지, 아니면 또 다른 이유 때문에 심장이 고동치는 것인지. 스스로도 알 수 없었다.

Chapter.2
『내가, 내가,
만난 사람은──』

the War ends the world /
raises the world

1

단일 요새 영역 「천제국」.

통칭 제국.

그곳의 수도인 제도 융메룽겐은 세계 최다의 인구를 자랑하는 도시이며, 크게 세 지구로 나뉘어 있다.

제1지구는 정치 시설과 연구 기관의 집합지.

정책 전권을 쥔 팔대사도가 의회를 소집해서 제국의 모든 것을 결정하는 곳이다.

제2지구는 거주 구역.

제도의 백성 중 70퍼센트는 여기서 생활한다. 주택지 옆에는 세계 유수의 번화가가 펼쳐져 있고, 제국령 바깥에 있는 『중립 도시』에서도 매일 수많은 관광객들이 찾아온다.

그리고 제3지구가 군사 거점.

제1지구에서 연구된 병기를 제조하는 병기 공장과, 그것을 시험해보는 광대한 연습장. 그리고 제국군 기숙사가 이곳에 있었다.

"이 방에서 자는 것도 참 오랜만이다……."

제국 기숙사 03동 1층 맨 안쪽.

이스카는 열두 살 때부터 사용해온 자기 방에서 대낮부터 바닥에 드러누워 천장을 쳐다보고 있었다. 부대원으로서 자주 야외 캠핑을 했기 때문일까. 푹신한 침대보다는 딱딱한 바닥에 눕는 것이 좀 더 편했다.

"……그런데 잠이 안 와."

졸리긴 한데, 육체적 피로와는 상관없이 두뇌가 여전히 깨어 있었다.

네우르카 수해에서 귀환한 지 이틀째.

아마도 이 짧은 휴식이 끝나면 곧바로 다음 작전이 시작될 텐데. 잠이 안 왔다.

"제국 사람들이 『빙화의 마녀』라고 부르는 성령술사가 바로 나야."

짚이는 이유는——빙화의 마녀 앨리스리제.

성령술 하나하나가 천변지이에 필적하는 규모였다. 그녀 혼자서 제국의 거점을 유린한 것도, 팔대사도가 그토록 경계한 것도 납득이 갔다.

"……그래서 그런가?"

가면이 벗겨지면서 드러난 그 소녀의 얼굴이 뇌리에서 사라지지 않았다.

네뷸리스 황청의 비장의 카드라고 할 만한 강력한 성령술사, 그리고 환상적인 사랑스러운 외모. 나이는 나와 비슷한 것 같았는데.

"안 돼, 안 돼. 잡생각 그만하고 정신 차리자!"

잡념은 사고를 둔하게 만든다. 곧 다음 임무에 관한 지령이 떨어질 것이다. 그쪽에 집중하기 위해서라도 지금은 휴식을 취해야 한다.

"이스카 군, 안에 있어?"

인터폰에서 소리가 났다.

문 바깥쪽에서 앳된 목소리가 들려왔다.

"미스미스 대장님?"

그 소리에 반응하여 문을 열었다.

문 앞에는 예상대로 조그맣고 귀여운 여대장이 서 있었다.

"이스카 군, 지금 뭐 하나 궁금해서…… 저기, 요새 계속 방에 틀어박혀 있잖아? 밖에 나오질 않으니까 네네도 걱정하고 있거든."

"난 괜찮아요. 그냥 잠이 안 와서 그래요."

"그런데 이스카 군, 제도에 돌아온 이후로 내내 뭔가 고민하는 것 같았는걸. 멍하니 벽만 바라보기도 하고."

불안한 표정으로 눈을 곱게 뜨고 이쪽을 쳐다보는 미스미스.

"어, 저기, 나는…… 평소에는 대장다운 일을 하지 못하니까. 적어도 부하의 고민 상담 정도는 해주고 싶어. 고민을 남한테 털어놓으면 마음이 좀 편해질지도 몰라."

"그런 이유로 일부러 오신 거예요?"

평소와는 달리 사복을 입은 미스미스의 모습을 살펴봤다.

귀여운 아기 고양이가 달린 아플리케 셔츠, 아동복 같은 3단 프릴 스커트. 오늘은 귀중한 휴가를 받아서 캐주얼한 옷을 입었나 보다.

그런데도 일부러 나를 찾아왔다.

……정말로.

……이 사람은 당해낼 수 없다니까.

병사로서의 기량은 결코 대단하지 않지만. 대장으로서의 성적도 늘 바닥을 치는 편이었지만. 그런데도 이스카와 동료들이 미스미스를 대장으로서 믿고 따르는 것은 이 섬세한 마음씨 때문이었다. 미스미스는 부하의 심정 변화를 누구보다도 빨리 파악하고 말을 걸어줬다.

이 대장님의 뒤를 따르고 싶다. 그런 생각을 하게 만드는 매력이 있었다.

"아, 역시. 이스카 군, 어쩐지 표정이 복잡해 보인다 했어!"

"그랬나요?"

"응, 그랬어! 자, 누님한테 전부 다 말해보렴! 어, 사실 나로선 짚이는 구석이 거의 없지만. 네우르카 수해에서 수행한 임무 말고는."

이쪽을 가만히 쳐다보는 여대장.

"무슨 일 때문에 그러니?"

"······그 전투의 기억이 머릿속에서 사라지질 않아요."

"빙화의 마녀 말이야? 그 전투는 무승부였다고 했지?"

"······무아지경이었어요."

전황은 어느 쪽이 우세했는지 모르겠다. 단순한 힘겨루기로는 둘 다 상대를 완벽하게 제압하지 못할 것이 확실했다. 그들의 싸움은 어떻게 상대의 빈틈을 노리느냐 하는 전술 싸움에 가까웠다. 마치 제1급 보드 게임에서나 볼 법한 심리전과도 비슷한 느낌이었다.

자신이 우위에 선 것 같아도, 어쩌면 그것조차 상대의 함정일지도 몰라서 문득 불안해졌다. 이스카가 이런 성령술사를 만난 것은 처음이었다.

하지만.

정말로 그것이 그의 불면증의 원인일까?

"아, 그리고——."

"그리고?"

"············아뇨. 아무것도 아닙니다."

무슨 말을 하려다가 도로 삼켰다.

"빙화의 마녀의 정체는 무척 아름다운 소녀였습니다."

차마 입 밖에 내지 못한 말.

······아무리 그래도 이게 불면증의 원인일 리는 없으니까······ 아마도?

······괜히 이런 말을 했다가 미스미스 대장님이 나를 이상하게

보면 부끄럽잖아.

"이스카 군. 혹시 은근히 마음의 상처를 입은 거 아냐?"

"트라우마가 생겼다는 뜻인가요?"

"응. 치열한 전투를 경험하고, 부상의 아픔이나 공포로 인해 마음의 상처를 입은 상태. 제국군 중에서도 그런 사람이 적지 않거든. 그 대단한 빙화의 마녀와 싸웠으니까, 트라우마가 생기는 것도 당연할지도 몰라……."

이기지 못할지도 모른다. 그런 생각이 저절로 드는 강적과의 첫 만남. 그로 인해 전투에 대한 두려움을 알게 되었을 수도 있다.

미스미스의 이러한 분석은 객관적으로 볼 때 타당해 보였다.

하지만 정말로? 정말로 그게 이유일까? 이스카는 답답함을 느꼈다. 가슴속에서 소용돌이치는 감정의 정체가 뭔지 본인도 몰라서.

"으음. 그런데 이걸 어떻게 해결하면 좋을까? 많이 힘들면 의사 선생님께 상담해야 할 텐데."

조그만 여대장님이 고민하는 표정으로 팔짱을 꼈다.

"나는 고민이 있어도 맛있는 고기를 먹고 푹 자면 저절로 기운이 생기거든? 그러니까 고기 먹으러 갈래?"

"아뇨, 그럴 기분은 아닌……."

"그렇지? 음, 시간이 지나면 저절로 나을 테지만, 그래도 뭔가 기분 전환이 될 만한 게 있으면 좋을 텐데…… 아, 맞다! 이스카 군, 이리 와봐, 이리 와봐!"

문간에 서 있던 미스미스가 갑자기 홱 돌아서서 종종걸음으로 움직이기 시작했다.

"이스카 군에게 멋진 선물을 줄게. 따라와."

제국 기숙사 01동.

귀여운 토끼 스티커가 붙어 있는 출입문 앞에서 이스카는 눈을 휘둥그렇게 떴다.

"여긴 대장님 방이잖아요?"

"응, 맞아. 내 방. 좀 지저분하지만 들어와."

따뜻한 빛깔의 카펫이 깔린 거실. 그곳에서는 봉제인형이 이리 저리 굴러다니고 있었다. 테이블 위에도 강아지 그림이 인쇄된 어린이용 컵이 놓여 있었다.

"동물 컬렉션이 그새 더 늘었네요."

"에헤헤~. 어때? 귀엽지?"

"아, 네. 그런데…… 저기, 저건 좀…….."

천장에 매달려 있는 물체. 방 한가운데에 당당하게 세탁물이 널려 있는 광경을 보고 이스카는 말꼬리를 흐리면서 시선을 피했다.

"보기가 좀 그러네요."

"응? 뭐가 보기가————까, 꺄아아아아아아아아악?!"

세탁한 속옷을 자기 방에다 널어둔 것을 깜빡했던 숙녀는 허둥지둥 두 팔을 들어 이스카의 눈을 가리려고 했다.

"아, 아냐, 이스카 군! 이건 그런 게 아니야. 그냥 호기심이 좀 생겨서! 나도 뭐, 그렇잖아? 주위의 친구들이 모두 다 애인을 사귀게 되었으니, 나도 조금쯤은 어른스러워지고 싶어 할 수도 있는 거잖아? 아주 약간 어른스러워 보이는 속옷에도 도전해보고 싶어지는 것이 이른바 여자의 마음이란 거야. 그 점은 오해하지 말아줘!"

"무슨 뜻인지 모르겠는데요."

"……어, 어험. 아무튼."

방에 널어둔 속옷을 재빨리 숨기는 미스미스.

"아까 하던 이야기를 하자면. 계속 방에만 틀어박혀 있어봤자 좋을 건 없거든. 그러니까 큰맘 먹고 나가서 놀아봐. 자, 이건 선물이야!"

미스미스는 테이블 위에 있던 티켓 한 장을 높이 치켜들었다.

"받아. 이거 보고 기운 좀 차려."

"……오페라 티켓? 『여기사 베아트릭스의 비련』이라고 적혀 있네요."

"응, 맞아. 중립도시에서 매년 상연되는 작품이야. 이 오페라 좋아해서, 10회 분량의 회수권을 사서 아홉 번 봤는데. 그 정도면 올해는 패스해도 될 것 같아서. 이스카 군에게 줄게."

"네? 그런데 이걸 언제 보러——."

"다음 임무가 정해지기 전에. 그냥 내일 가서 봐도 되잖아?"

자신만만하게 가슴을 활짝 펴고 그렇게 말하는 여대장.

"아주 멋진 작품이야. 분명히 기분 전환이 될 거야. 대장님 명령이니까 꼭 보러 가."

"……대장님의 명령인가요."

이스카는 건네받은 티켓을 가만히 들여다보면서 고개를 끄덕였다.

━━━━━

하얀 수증기.

사자처럼 생긴 수도꼭지에서 콸콸 쏟아지는 따뜻한 유백색 물은 욕조 밖으로 흘러넘칠 것 같았고, 수면에는 알록달록한 꽃과 향초가 띄워져 있었다.

수증기가 피어나는 이 대욕조는 한꺼번에 스무 명도 들어갈 수 있는 크기였다. 그 옆에는 차가운 냉탕도 준비되어 있었고, 저 안쪽에는 뜨거운 증기로 가득 찬 사우나도 설치되어 있었다.

……찰박.

젖은 타일을 밟고 안으로 들어오는 시종 차림의 소녀.

"앨리스 님, 아직 욕조에 들어가 계셨군요."

네뷸리스 왕궁.

대형 목욕탕에서 린의 목소리가 울려 퍼지자, 앨리스는 감았던 눈을 뜨고 물 위로 얼굴을 쏙 내밀었다.

"이제 그만 나오세요. 슬슬 주무셔야 할 시간입니다."

"……잠이 안 와."

"어젯밤에도 그렇게 말씀하셨죠. 평소 같으면 전장에서 돌아온 직후에는 지쳐서 식사도 안 하고 곧바로 쉬셨잖아요."

"응, 하지만 잠이 안 오는걸."

보글보글 거품을 내면서 물속으로 쏙 들어갔다.

네우르카 수해라고 했던가. 린과 함께 그곳으로 출격해서, 어머니인 네뷸리스 여왕이 명한 대로 제국의 병기 동력로를 파괴했다.

작전은 완벽하게 수행했다. 실수라곤 하나도 없었다.

……그런데, 어째서일까.

……어째서 그 검사가 자꾸만 생각나는 걸까.

그것이 잠들지 못하는 이유라는 사실도 알고 있었다.

"이스카라는 그 군인 말씀이신가요."

욕조 가장자리에 맨발로 선 린. 평소처럼 가정부 같은 옷을 입고 있었다.

"황청으로 돌아오기 전부터 그 검사의 정체를 궁금해하셨지요."

"……도대체 뭐 하는 사람일까."

나와 비슷한 나이의 소년이었다.

용모도 언동도 아직 젊은 것 같은데, 싸울 때에는 참으로 용맹하기 그지없었다.

엄청난 집중력과 초인적인 운동능력으로 앨리스의 공격을 피하면서 덤벼들었다. 사도성을 상대하면서 강적이라고 느낀 적은 있었다. 그러나 언제 목을 물어 뜯길지 모른다는 두려움을 느낀 것은 이번이 처음이었다.

"그 검사에 관한 정보는 지금 알아보고 있습니다. 하지만 아무리 빨라도 며칠은 걸릴 겁니다."

"그 정도면 충분해. 고마워, 린."

수면 위에 떠도는 꽃잎을 멍하니 바라보면서 고개를 끄덕이다
가——.

"그 검."

······아니, 그럴 리 없어. 단순히 비슷하게 생긴 검일 거야.

······**나를 구해준 은인**이 하필이면 제국에 있을 리가 없잖아.

"맞아, 단순한 우연일 거야."

"네?"

"아, 아냐. 별것 아니야!"

무의식중에 밖으로 흘러나온 마음의 소리를 린이 들었나 보다.
앨리스는 당황하여 손을 열심히 흔들었다.

"다치지 않았니? 설마 이런 중립도시 근처에서 제국 병기가 폭
주할 줄이야······."

"하지만 걱정하지 마. 기동 구체(軀體)의 동륜을 절단했으니까.
이건 더 이상 움직이지 않을 거야."

모래색 기억.

풀풀 흩날리는 불티와 뭉게뭉게 피어오르는 먼지구름.

폭주하는 제국 병기에게 습격당한 자신을 구해준 검사. 심한
먼지구름 때문에 모습은 보이지 않았고 목소리도 잘 들리지 않았

지만, 그가 양손에 쥔 검의 눈부신 빛은 똑똑히 기억했다.

흑강과 백강.

대조적으로 빛나는 그 칼날의 빛은, 소년 검사가 들고 있던 검과 똑같아서──.

"…………."

욕조 안에서 앨리스는 자기 가슴에 손을 대보았다.

조숙하다──고 린이 부러워할 정도로 여성스럽게 성장한 그 가슴에서는 스스로도 놀랄 만큼 빠르고 요란하게 뛰는 심장의 고동이 느껴졌다.

두근, 두근, 계속해서 두근거린다.

그것은 가라앉기는커녕 점점 더 거세어졌다.

"아아, 정말! 안 되겠어! 당장 기분 전환을 해야겠어!"

"앗, 앨리스 님, 물이 다 튀잖아요?! 어휴…… 갑자기 벌떡 일어나지 말아주세요. 제 옷도 다 젖었잖아요."

"그래, 기분 전환을 하는 거야! 결심했어! 린, 당장 내일을 위해 준비하자!"

"……내 옷……."

앨리스는 뾰로통해진 린을 데리고 탈의실로 빠르게 걸어갔다. 정면의 벽 전체가 거울로 된 탈의실. 그곳에 있는 선반으로 뛰어가서 손가방을 집어 들었다.

"좋아, 이거야."

"앨리스 님, 물기도 닦지 않고 돌아다니시면 안 됩니다. 미끄러져 넘어진다고요."

"안 넘어져. 내가 무슨, 어린애도 아니고."

"어린애처럼 뛰어다니시니까 그렇죠. 자, 어서요. 물기를 닦지 않으면 감기 걸려요."

수건을 양손에 든 린.

물방울이 똑똑 떨어지는 앨리스의 금빛 머리카락을 수건으로 감싸 정성껏 물기를 제거하기 시작했다.

"린, 이거, 이거 봐."

"『여기사 베아트릭스의 비련』? ……어휴, 또 저한테는 비밀로 오페라 티켓을 예매하셨군요."

머리의 물기를 제거한 뒤, 머리에서 등으로 넘어갔다.

앨리스의 목덜미에서 등으로 떨어지는 물방울을 수건으로 닦아내는 시종.

린은 대대로 네뷸리스 왕가의 시중을 들어온 가문의 일원이었다.

앨리스보다 한 살 어린데도 앨리스를 보살펴주는 소녀. 앨리스가 허물없이 어울려 놀 수 있는 유일무이한 친구이기도 했다.

"이 티켓을 구하느라 얼마나 고생했는데. 2인석을 확보하려고 네 번이나 추첨에 응모했다니까?"

"……알았어요. 동행하겠습니다."

린은 앨리스의 몸을 다 닦고서 크게 한숨을 내쉬었다.

"그런데 괜찮으시겠어요? 바로 얼마 전에 그 검사에게 얼굴을 들켰잖아요."

이스카라는 제국 검사.

얼굴을 가리던 헤드 드레스가 전투 도중에 벗겨지는 바람에 얼굴을 들키고 말았다.

얼굴이 널리 알려지면 제국이 암살자를 파견할지도 모른다. 그래서 앨리스도 그때는 좀 당황했었지만.

"괜찮아. 생각해보니까 얼굴을 들켜봤자 별문제 없는걸."

성령을 사악한 것으로 규정하고 위험시하는 제국과는 달리, 성령을 받아들인 네뷸리스 황청에서는 성령에 대한 연구가 훨씬 더 많이 진척되었다.

연구 성과 중에는 성령의 개체 차이에 관한 것도 있었다.

인간에게 깃드는 성령은 천차만별인데, 앨리스의 성령은 그중에서도 유난히 경계심이 강했다.

위험을 감지했을 때에는 자동으로 방어에 나선다. 대규모 파괴 병기의 일격조차 막아내는 성령이 있으므로, 암살자 한두 명 따윈 무서워할 필요도 없었다.

"제국의 자객 따윈 무섭지 않아. 나에게는 성령이 있으니까. 그리고 린, 네가 있으니까."

"……참 계획적인 칭찬이네요."

"아냐, 진심이야. 게다가 중립도시에 갈 때에는 언제나 헤드 드레스는 벗고 가잖아? 평소처럼 당당하게 가면 돼. 그렇지?"

손가락 사이에 끼운 티켓을 살살 흔들면서 말을 이었다.

"공연이 오전에 시작되니까, 아침 일찍 왕궁을 나가야겠다."

"네. 그럼 샌드버드(모래 새)를 준비하겠습니다. 아침 일찍 출발하려면 앨리스 님도 어서 방에 가셔서 주무셔야죠. 티켓은 제가 보관하겠습니다."

"앗, 저기, 린?!"

"앨리스 님께서 잃어버리시면 안 되니까요. 그보다 이제는 속옷 좀 입으세요. 너무 당당하게 노출하고 계시잖아요. 지금 저한테 자랑하시는 건가요?"

"자, 자랑하는 거 아닌데?!"

탄력 있게 흔들리는 가슴을 부럽다는 듯이 쳐다보는 린. 앨리스는 당황하여 얼른 돌아섰다.

"그리고 여왕님께 외출할 거라고 미리 말씀을 드리세요. 저번에도 무단외출을 했다가 혼났잖아요. 아셨죠?"

"……귀찮은데."

"아셨죠?!"

"……네."

시종이 엄하게 말하자, 앨리스는 조그맣게 한숨을 쉬었다.

2

2년 전——.

배속될 소대가 정해졌다. 그렇게 보고한 다음 날, 스승님은 이스카 앞에서 모습을 감췄다.

아니, 당당하게 눈앞에서 사라져갔다.

"너와 진, 단 두 명뿐이었지. 내 밑에서 도망치지 않은 사람은."

헤어질 때 그런 냉소적인 한마디를 남기고서.

"하지만 두 명이나 남았으니 이 정도면 선방한 건가."

제국 최강의 검사 크로스웰 네스 리뷔게이트——통칭『흑강의 검투사』.

사도성 필두로서 제도를 수호하던 시절에 그는 자신의 후계자가 될 만한 소년 소녀를 제국 전체에서 스카우트하여 훈련을 시켰다.

아니, 선별을 했다.

고작 한나절 훈련했을 뿐인데도 약 절반이 탈락했고, 그날 밤에는 90퍼센트가 탈락했다.

사흘 뒤에는 남은 멤버의 절반이 또 탈락. 그런 일이 1년, 3년, 5년 동안 이어졌고, 마지막까지 남은 멤버는 딱 두 명. 진과 이스카였다.

"이스카, 너는 내가 선택한 후보들 중에서 맨 마지막으로 데려온 녀석이다. 그렇지?"

"네."

"솔직히 말하마. 너는 내가 고른 후보들 중에서 가장……."

"가, 가장?"

"가망이 없었다."

"지나치게 솔직하잖아요?!"

어깨를 축 늘어뜨리는 소년. 그러자 검은 옷을 입은 검은 머리카락의 시커먼 사나이는 당연하다는 듯이 대꾸했다.

"가망 있는 녀석부터 스카우트하기 시작했으니까. 마지막에 고른 녀석이 가장 가망이 없는 것은 당연한 이치잖느냐."

"……그거야 그렇지만."

불만스럽게 부루퉁한 표정을 짓는 소년.

그 소년을 가만히 내려다보는 스승. 소년의 손에는 방금 자신이 건네준 두 자루의 검이 들려 있었다.

"하지만 좀 더 좋게 표현할 수도 있잖아요."

"네가 나와 가장 닮았다. 그래서 가장 가망이 없다고 생각했다."

"_____."

그건 이스카가 처음 듣는 진실이었다.

평소에는 과묵하고 무표정하고 늘 나른한 눈빛으로 쳐다보기만 하던 스승님이 털어놓은 「속마음」.

"성검. 잃어버리지 마라."

"물론이죠. 소중한 스승님의 유품이니까…… 아야!"

얻어맞았다.

누구 마음대로 유품 취급하는 거냐. 스승님을 죽이지 마라. 그리고 한마디 더──.

"그 검은 세계를 재성(再星)할 수 있는 유일한 희망이다."

"……네?"

"성검은 너에게 복종한다. 네가 만져서 잠금 설정이 되었으니까, 너 이외의 다른 사람이 다루면 제 기능을 발휘하지 않는다. 그러니 잘 부탁하마."

100년 동안 이어져온 인간과 마녀의 전쟁에 마침표를 찍는 역할.

그것이 너의——흑강의 후계자의 사명이다. 스승님은 그렇게 말씀하셨다.

=========

대지를 태우는 햇빛.

쨍쨍 내리쬐는 적외선에 의해 달궈진 누런 모래땅은 바싹 말라 갈라져서, 약간의 잡초만 드문드문 나 있는 황야가 되어버렸다. 맨발로 걸으면 대지의 열 때문에 1분 안에 발바닥이 화상을 입을 것이다.

비샤다 황야.

그 드넓은 황야의 차도에서 자동차 한 대가 맹렬한 속도로 질주하고 있었다.

"이스카 오빠, 일어나, 일어나. 이제 곧 에인에 도착할 거야."

"어. 벌써?"

운전석에 있는 네네가 흔들어 깨우자, 이스카는 조수석에서 눈을 비비며 일어났다. 해 뜨기도 전에 제도를 출발한 것까진 기억

났지만 그 후의 광경은 전혀 기억나지 않았다.

"벌써 점심때가 다 됐어. 여섯 시간이나 달렸는걸. 너무해, 이스카 오빠. 아무리 말을 걸어도 계속 쿨쿨 잠만 자고."

"미안해……."

"아냐, 됐어. 덕분에 네네도 오랜만에 이스카 오빠의 잠든 얼굴을 구경했으니까."

즐겁게 들뜬 목소리로 말하는 네네.

"네우르카 수해에서 돌아온 이후로는 잠을 잘 못 잤다고 했잖아."

"응…… 굉장히 오랜만에 스승님 꿈을 꿨어. 진과 함께 스승님 밑에서 신나게 구르던 시절의 추억. 아니, 악몽."

"크로 선생님 꿈을 꿨다고?"

네네가 핸들을 쥔 채 말을 이었다.

"와, 오랜만이네. 그동안 크로 선생님의 꿈은 꾼 적이 없잖아?"

"아마 굉장히 오랜만에 성검을 써서 그런가 봐. 스승님이 소중하게 다루라고 하셨는데, 팔대사도에게 몰수를 당했었잖아. 무사히 돌려받아서 다행이야."

좌석에 기대어 세워둔 검 두 자루를 내려다봤다.

지금 이 자동차는 제국령도 아니고, 네뷸리스 황청의 지배 영역도 아닌 주인 없는 땅을 달리고 있었다.

이 황야도 세계지도에서는 야생동물이 돌아다니는 자연 지구에 속하는 장소였다. 과거에는 이곳에서 거대한 용이 발견되었다는 소문도 있었다. 이 차도는 그나마 안전한 편이지만, 실은 한가하게 졸면서 지나갈 만한 장소는 아니었다.

"아아, 아쉬워. 왜 하필 이스카 오빠가 외출하는 날에 내가 아르바이트를 하기로 했을까."

네네는 유난히 커다란 한숨을 내쉬면서 핸들에서 손을 뗐다.

"진은 부모님(총기 공방) 일을 돕기로 했고, 미스미스 대장님도 쇼핑한다고 했지?"

"응, 그렇지만~ 네네도 이스카 오빠와 함께 중립도시에서 놀고 싶었는데."

이스카의 무릎을 베고 드러눕는 포니테일 소녀.

차는 쏜살같이 빠르게 차도를 주행하는 중이었다. 그런데 이 소녀는 전혀 정면을 보지 않고 한쪽 발만 쭉 내밀어서 핸들을 완벽하게 조종했다.

"네네, 앞을 똑바로 보고 운전하지 않으면 위험하잖아. 발로 운전하면⋯⋯."

"뭐 어때. 이스카 오빠와 함께 있는 것은 오랜만인걸."

"그렇게 오랜만인가?"

운전석에 앉아 있는 네네를 새삼스레 살펴봤다.

⋯⋯아, 확실히 어른스러워졌나?

⋯⋯키도 좀 커졌고. 표정도 여성스럽게 변한 것 같기도 했다.

사춘기의 1년.

이스카가 감옥에 갇혀 있는 동안에 어린 소녀는 키도 커지고, 어쩐지 몸매도 꽤 여자답게 변한 것처럼 보였다. 하나로 모아 묶은 머리카락을 길게 풀어 내리면 좀 더 숙녀다워 보일지도 모른다.

"얍."

누워 있다가 벌떡 일어나는 네네.

포니테일이 허공으로 확 날아올랐다. 소녀는 불만스럽게 입을 열었다.

"아아…… 벌써 다 왔네. 좀 더 천천히 달릴걸 그랬어."

——중립도시 에인.

이 광대한 황야에서 오아시스를 중심으로 발전한 도시가 보였다.

거대한 성벽에 둘러싸인 도시의 입구에서.

"고마워, 네네. 돌아갈 때에는 순환버스 타고 갈게."

"네, 알았어요~ 그럼 나중에 봐, 이스카 오빠!"

"……응. 좋아, 그럼. 극장이 어디더라?"

흙먼지를 일으키며 사라져가는 자동차를 끝까지 지켜보고 나서 도시 쪽을 돌아봤다.

중립도시——100년에 걸친 제국과 네뷸리스 황청의 분쟁에 대해, 어느 쪽 진영에도 가담하지 않은 도시의 총칭이다.

"중립도시. 진짜 오랜만이네. 몇 년 만에 와본 걸까."

참으로 장엄해 보이는 극장들이 즐비한 중앙 거리.

엄숙하고 격조 높은 목조 콘서트홀이 있는가 하면, 그 옆에는 비교적 최근에 지어진 현대식 디자인의 현란한 오페라하우스가 있었다.

"여전히 사람이 엄청나게 많네."

문화와 예술이 꽃피는 고장. 중립도시는 제국과 네뷸리스 황청과의 전쟁에 넌더리가 난 예술가들을 받아들여서 회화, 음악, 시, 조각 등 다양한 문화를 발전시켰다.

이 중립도시 에인은 오페라의 도시였다.

길거리 음악가가 즉흥적으로 음악을 연주하면 지나가던 관광객이 귀를 기울인다. 그런 광경이 곳곳에서 눈에 띄었다.

"──아, 아차. 벌써 개연 시간이 다 됐잖아?!"

이스카는 티켓을 움켜쥐고 대로를 뛰어갔다.

"직진해서 세 번째 건물로 들어가라고 했나? 악, 곧 시작하겠다!"

주로 하얀색으로 꾸며진 현대식 디자인의 오페라하우스 창구로 향했다.

"지금도 들어갈 수 있나요? 아, 아직은 괜찮아요? 다행이다! 고마워요!"

고요한 복도를 뛰어서 공연장으로 직행했다.

"……죄송합니다. 들어갈게요. 한 명입니다."

문을 천천히 열고 공연장 내부로 들어갔다. 상연 직전이라 그런지 실내는 어두컴컴했다. 희미하게 빛나는 발밑의 비상등에 의지해서 빈자리를 찾았다.

"2층 맨 앞줄. 와, 역시 미스미스 대장님은 대단해. 오페라 좌석도 아주 좋은 곳으로 잘 잡으셨네."

주위의 손님들은 어두워서 얼굴은 잘 보이지 않았지만 다들 대단한 인물인 듯했다. 값비싼 옷을 입은 귀부인이라든가, 개인적으로 놀러온 어느 도시의 귀족처럼 가족끼리 온 손님이라든가.

『그럼 지금부터 「여기사 베아트릭스의 비련」 공연을 시작하겠습니다.』

홀에 울려 퍼지는 안내 방송.

막이 올라가고, 수백 명이나 되는 관객들 앞에서 오페라가 시작됐다.

"잘 가, 베아트릭스. 나는 너와 함께 살아갈 수 없어."

"……네. 잘 가요, 아제르. 다음에 만난다면, 오늘 밤의 이 교회가 아니라 전장에서 만나게 될 테죠."

오페라 중반.

주인공인 여기사로 분한 여배우의 열연과, 오케스트라의 반주가 슬프고도 정열적인 분위기를 만들어내는 장면——.

"……흐음, 그래. 미스미스 대장님이 그렇게 좋아하는 이유를 알 것 같아."

연기에 몰입한 관객들 틈에서 이스카가 혼잣말을 중얼거렸다.

여기사의 고결한 태도에 매료되어 그 비련에 저절로 감정이입을 하게 되는 것이다.

실제로 주위에서는 관객들이 여기사 베아트릭스의 비통한 처지에 완전히 감정이입 하여 눈물지으면서 애써 울음을 삼키는 것이 느껴졌다.

그런데 이 와중에 이스카만 묘하게 감정이입을 못 하고 있었다. 왜냐하면.

"아아, 베아트릭스! 적국의 기사를 사랑하게 되다니…… 아무리 사랑해도 맺어질 수 없는 금단의 사랑. 이토록 슬픈 사랑이 이 세상에 존재하다니! 정말 너무해! 신께서는 어째서 이런…… 이런 지독한 운명을…… 으흑!"

하필이면 옆자리에 앉은 손님이 눈물 많은 소녀였기 때문이다.

게다가 이야기 종반이라 감정이 한껏 고조된 상황. 손수건으로 아무리 닦아도 소용없을 정도로 눈물을 펑펑 흘리면서 오열하는 이 소녀 때문에——이스카는 무대에 집중할 수가 없었다.

"아제르는 바보야, 당신이란 남자는 도대체 왜!"

"쉿, 조용히 하세요. 앨리스 님. 다들 조용히 관람하고 있잖아요."

"하, 하지만……."

"어휴. 손수건은 어쩌셨어요? 가져오신 손수건이 눈물로 다 젖었다고 해서 제 것을 빌려드렸잖아요."

"……그것도 이미 흠뻑 젖었어."

"인간 수도꼭지네요?!"

손등으로 눈가를 문지르는 소녀. 극장이 어두워서 잘 보이지 않았지만, 목소리는 10대 소녀처럼 들렸다. 2인석 옆자리에 앉은 동반자도 마찬가지인 것 같았고.

"저기요, 이거라도 쓰실래요?"

"네?"

이스카는 낮은 목소리로 말을 걸면서 자기 손수건을 내밀었다.

……이름 모를 숙녀에게 손수건을 건네주는 것은 예로부터 귀족들이 좋아하는 장면이고.

……그리 이상한 일은 아닐 것이다.

바로 옆에서 누군가가 난처해하는데 그냥 모르는 척하긴 미안하다는 이유도 있었지만, 또 이대로 이 사람이 계속 울면 내가 오페라에 집중하기 어려울 것이라는 현실적인 이유도 있었다.

"아직 안 써서 깨끗하니까요. 저, 손수건이 없으면 곤란하실 것 같아서."

"…………."

누구인지도 모르는 상대가 주는 손수건을 받기는 좀 꺼려졌지만, 그래도 지금은 자꾸 넘쳐흐르는 눈물을 닦아야 한다. 소녀는 그런 생각을 했는지 머뭇머뭇 손을 내밀었다.

"감사합니다."

어? 이 목소리, 어딘가에서…….

어디서 들어본 듯한 목소리인데. 울먹울먹한 상태라서 정확히 알아들을 수 없었다. 음, 기분 탓인가. 이스카는 간단히 그런 결론을 내리고서 오페라 종반을 지켜보기로 했다.

폐막──.

무대에 박수 소리가 울려 퍼지는 가운데, 극장의 조명이 다시 켜질 때까지의 여운.

"으흑…… 훌쩍, 베아트릭스, 너무 불쌍해!"

"앨리스 님, 공연 다 끝났어요. 불 켜지기 전에 눈물이라도 좀 닦으세요."

"하, 하지만……."

손수건으로 눈가를 꾹 누르면서 일어나는 소녀.

이어서 그녀는 고개를 숙였다. 여전히 옆자리에 앉아 있는 이스카를 향해.

"저, 저…… 죄송합니다. 빌려주신 손수건이 많이 젖었어요. 그 대신 새것을 드리겠습니다. 린, 최상급 벨벳 손수건을 준비해줘."

"네?! 아, 아뇨, 됐어요! 싸구려 손수건인데요, 뭐."

"아닙니다. 제가 이런 부끄러운 모습을 보여드렸는걸요. 저를 위해서라도 부디 받아주십시오. 물건 값이 저렴한가, 비싼가의 문제가 아닙니다."

양손으로 손수건을 꼭 쥐고 열심히 고개를 옆으로 흔드는 소녀.

"저, 다시 한 번 감사드립니다."

소녀가 진지하게 말하면서 한 걸음 내디뎠을 때——.

극장의 조명이 다시 켜졌다.

"손수건을 빌려주셔서 고맙………………."

환하게 빛나는 샹들리에 밑에서 소녀의 밝은 금발 머리와 사랑스러운 얼굴이 드러났다.

빙화의 마녀 앨리스리제.

눈앞에서 손수건을 꼭 쥐고 있는 인물은 사흘 전, 네우르카 수해에서 장절한 전투를 벌인 장본인이었다.

"…………어?"

"어…… 어, 어어어어, 어째서 당신이 여기 있는 거야앗?!"

스커트를 펄럭이면서 경악하는 네뷸리스 황청의 공주님.

전장에서 입었던 고귀한 드레스가 아니라, 어느 도시의 옷가게에서나 한 벌쯤은 팔 듯한 무지 원피스를 입고 있었다. 마치 개인적으로 살짝 나들이를 나온 귀족 아가씨 같았다.

"나를 미행했구나? 좋아, 그럼 여기서 결판을————어엇?!"

"앨리스 님, 안 돼요! 여긴 중립도시잖아요!"

앨리스 뒤에서 그녀를 와락 끌어안아 제압한 사람은 시종인 린이었다.

"이 도시에서는 아무도 싸울 수 없습니다. 그것이 중립도시의 법률이에요. 상대가 부모의 원수든 적국의 장군이든, 일단 손을 댔다가는……."

——제1조, 중립도시에서의 싸움은 일절 금한다.

——제2조, 먼저 손을 댄 사람을 제1조 위반자로 간주한다.

——제3조, 모든 문화를 받아들이고 예술을 즐긴다.

모든 중립도시의 공통적 법률이다.

"……나도 알아. 여기서 손을 댔다가는, 위반 규정에 의해 모든 중립도시와 대립하게 된다는 것은. 맞아, 그러면 큰일 나지."

린의 품에서 빠져나와 입술을 꼭 깨무는 앨리스.

"그런데 설마 당신 옆에서 오페라를 감상하게 될 줄은 몰랐네. 그래, 어쩐지 자꾸만 신경이 쓰이더라."

"아니, 오열할 정도로 오페라에 몰입한 것 같던데?"

"~~~~~~?! 아, 아냐, 이건 눈에서 땀이 난 거야! 오늘 본 것은 싹 잊어버려, 알았지?!"

앨리스가 쿵쿵거리면서 뒤로 물러났다.

"앨리스 님, 너무 큰 소리를 내시면 주목받을 겁니다."

"으, 으윽!"

주위의 관객들이 이쪽을 쳐다본다는 사실을 이제야 눈치챘나 보다. 엉엉 울어서 발갛게 부어오른 얼굴을 더더욱 빨갛게 물들이는 금발 머리 소녀.

"이만 가자. 안녕히 가세요, 이스카!"

"……으, 응. 인사 고마워. 잘 가."

스커트 양옆을 살짝 붙잡아 올리면서 예의 바르게 인사하는 앨리스.

"앨리스 님, 뭐 하시는 겁니까."

"어?! 아…… 리, 린, 이건 실수야! 그냥 습관처럼 인사한 거야!"

평소 왕궁에서 인사하던 습관대로 행동했나 보다. 소녀는 귓불까지 빨개진 채 홀을 뛰쳐나갔다.

혼자 극장에 남은 이스카는.

"어휴, 내가 더 깜짝 놀랐네……."

심장이 쿵쿵 뛰는 가슴에 손을 대고 한숨을 푹 내쉬었다.

3

"……심장이 멎는 줄 알았어."

"그건 제가 할 말입니다. 앨리스 님께서 이성을 잃고 폭주하실까 봐 걱정했어요."

서둘러 홀을 떠나 인파를 헤치고 건물을 빠져나와서.

대로까지 나온 다음에야 앨리스는 겨우 한숨 돌릴 수 있었다.

"미행당하진 않았지?"

"네. 저희가 홀에서 나올 때까지 그 검사는 한 발짝도 움직이지 않았습니다. 하지만 상정해둘 필요는 있었을지도 몰라요."

중립도시는 제국과 네뷸리스 황청을 둘 다 편들지 않는다. 따라서 양국 국민들은 누구나 자유롭게 드나들 수 있지만, 그 대신 아는 사람과 마주칠 가능성도 있었다.

"……그래도 설마 옆자리에 앉을 줄은 몰랐어."

"애초에 그자는 앨리스 님의 얼굴을 알고 있었으니까요. 또 다른 군인이 알게 된 것은 아닙니다. 중립도시에서 적들끼리 마주치는 것은 이 도시의 특성상 어쩔 수 없는 일이지요."

"마, 맞아! ……좋아, 이 일은 잊어버리고 식사나 하자."

앨리스는 일단 눈을 감고 잡념을 떨쳐낸 다음에 빠른 걸음으로 대로를 걷기 시작했다.

"유명한 파스타 가게가 이 근처에 있을 거야. 내가 완벽하게 조사해놨거든!"

"앨리스 님은 정말로 파스타를 좋아하시네요."

"한 달 내내 파스타만 먹어도 괜찮아."

"그건 괜찮고 말고의 문제가 아닙니다. 그러면 안 돼요."

"어휴, 고지식하게 굴지 마. 자, 가자. 이쪽이야."

린의 손을 붙잡고 북쪽으로 향했다.

광장과 붙어 있는 거리의 끝에 도착하자마자 파스타 가게 간판이 눈에 띄었다.

"죄송합니다만 지금은 점심시간이라 손님이 많아서 빈자리가 없습니다."

앞치마를 걸친 웨이트리스는 그들 두 사람을 발견하고 미안하다는 듯이 고개를 숙였다.

"저, 하지만 예약하신 분과 합석하신다면 당장 자리로 안내해 드릴 수 있는데요……."

"응, 좋아. 린, 이쪽으로 와."

두 사람은 4인용 테이블 한쪽 편에 나란히 앉았다.

"앨리스 님, 물 드세요."

"고마워, 린. 마침 목이 말랐는데."

극장에서 엉엉 울어서 그런지 목이 말랐다. 앨리스는 얼른 입술을 유리잔 가장자리에 가져다 댔다. 그때 웨이트리스가 합석할 손님 한 명을 데려왔다.

"이스카 님, 예약하셨지요? 이쪽으로 오세요."

"푸흡?!"

뿜었다.

앨리스는 난생처음으로 입안에 든 물을 물대포처럼 힘차게 뿜어냈다.

"으헉?!"

황급히 뒷걸음질 쳐서 테이블에서 멀리 떨어지는 소년.

"뭐 하는 거야?"

"그건 내가 할 말——— 쿠, 쿨럭, ……무, 물이 기관에……
엣…… 도, 도대체 왜 당신이 여기 있는 거야?!"

앨리스는 손으로 입을 막으면서 눈물 젖은 눈으로 제국의 소년
검사를 쏘아봤다.

"네 이놈, 한 번도 아니고 두 번이나! 역시 앨리스 님을 미행한
것이냐!"

아무래도 이번에는 가만히 있을 수 없었나 보다. 린이 벌떡 일
어나 스커트 안쪽에 숨겨둔 단도에 손을 댔다.

……이대로 칼을 뽑으면 중립도시의 금기를 깨게 된다.

……아니. 싸움 금지 조항에 의하면「먼저 손을 댄 사람이 잘못
한 것」이니까.

이 제국 검사가 먼저 공격해준다면 앨리스도 린도 정당방위 차
원에서 당당하게 반격할 수 있을 것이다.

"저기, 너희들. 아직도 나를 오해하는 거야?"

"뻔뻔하긴. 더 이상 의심할 여지도 없다."

두 손 들고 무저항 의사를 표시하는 이스카. 그러자 린은 삿대
질을 했다.

"아까 오페라 극장에서 헤어진 다음에 너는 우리와 따로 행동

했을 텐데. 그런데도 어떻게 이 가게에 온 거지? 변명할 말이 있으면 해봐라!"

"그야, 이 가게가 그 극장에서 제일 가까운 식당이니까. 또 유명한 가게잖아. 애초에 이 자리를 예약한 손님은 나고, 너희들이 나중에 찾아온 거잖아?"

"…………."

이스카는 어이없다는 듯이 대답했다. 린은 꽁꽁 얼어붙었다.

"……앨리스 님. 어떻게 생각하십니까?"

"일리 있는 주장이야. 하지만 린, 방심하면 안 돼. 정신 바짝 차려."

"아니, 코앞에서 그렇게 상담하시면 나한테도 다 들리는데요. 그리고 나는 보다시피 비무장 상태야. 검도 게이트 옆에 있는 검문소에 맡겨놓고 왔어."

이스카는 양손을 든 채 상대의 눈앞에서 한 바퀴 빙글 돌았다. 무기는 눈에 띄지 않았다. 싸울 의사가 없다는 뜻인가.

"……알았어. 일단 당신 말을 믿을게."

나란히 앉는 앨리스와 린. 그리고 맞은편에 앉는 소년.

"앨리스 님, 괜찮으시겠습니까? 아무리 중립도시여도 그렇지, 제국의 병사와 동석해서 식사를 하다니요."

"여기서 물러나면 무서워서 도망치는 것처럼 보일지도 모르잖아."

빙화의 마녀가 도망쳤다. 그런 소문이 퍼지면 제국군의 기세가 등등해질 테고, 앨리스도 네뷸리스 황청의 부하들을 볼 낯이 없을 것이다.

"우, 우선 식사를……."

앨리스는 테이블에 놓인 메뉴판을 향해 손을 뻗었다. 그런데 동시에 메뉴판을 집으려고 한 이스카의 손과 앨리스의 손이 겹쳐졌다.

"꺄악?! 미, 미안해!"

"……아, 아니, 나야말로…… 미안해."

위축되어 손을 도로 집어넣는 이스카.

"…………머, 먼저 봐."

"…………당신 먼저 보고 결정해. 양보할게. 집으려고 했었잖아."

"…………나는 그거 집어서 너희한테 주려고 했는데."

"…………나, 나도 마찬가지야!"

협상 결과. 메뉴판을 테이블 중앙에 놔두고, 양측에 마주 앉은 앨리스와 이스카가 좌우에서 비스듬히 메뉴판을 보기로 했다.

……이러면 얼굴이 저절로 가까워져서 문제였지만.

……아, 아니, 내가 무슨 생각을?! 그냥 메뉴판을 보는 것뿐인데.

나도 모르게 그의 시선을 피했다. 네뷸리스 황청의 친척들 중에도 소년은 있지만, 이렇게까지 나이가 비슷한 상대는 현재 왕궁에는 하나도 없었다. 그래서 익숙하지 않은 걸까.

"저기."

상대가 갑자기 말을 걸었다. 앨리스는 반사적으로 긴장했다.

"뭐, 뭔데?"

"메뉴 정했어?"

지금 당장 네놈을 갈가리 찢어주마——라고 선고해도 이상하지 않을 제국의 소년 병사가 조심스럽게 이쪽을 쳐다보면서 질문했다.

"……정했어. 저기요, 주문해도 될까요?"

"네~ 지금 갑니다!"

쾌활한 웨이트리스가 이쪽으로 뛰어왔다.

"무엇으로 주문하시겠습니까?"

""연어와 애호박이 들어간 생크림 파스타. 면은 「벤코티(잘 삶은 상태)」로 해주시고 양은 적게. 식후 홍차에는 설탕을 하나만 넣어 주세요.""

앨리스와 이스카.

두 사람의 대사가 환상적인 하모니를 이루며 완벽하게 일치했다.

"……어?"

"……으음?"

방금 내가 말한 게 맞나? 너무나 완벽하게 겹쳐졌기 때문에 일순 앨리스 본인조차 방금 그 말을 누가 했는지 의심할 정도였다.

아니나 다를까, 눈앞에 있는 이스카도 똑같이 당황한 표정을 짓고 있었다.

"두 분 취향이 잘 맞으시네요. 함께 오신 건가요?"

""아닙니다!""

또다시 두 사람의 대답이 완벽하게 일치했다.

"앨리스 님, 진정하세요."

"조용히 해, 린. 나도 알아. 오늘만 이런 거야. 정말로 우연의 우연의 우연일 뿐이야!"

눈앞에 있는 소년에게 들키지 않도록 작게 심호흡을 했다.

……괜찮아. 나는 냉정해.

……연극부터 입맛까지 모든 취향이 일치하긴 했지만. 그건 중요한 것이 아니야.

음식이 나올 때까지의 어색한 시간을 말없이 견뎌냈다.

"아무튼 식사나 하자. 따뜻할 때 먹어야지."

테이블 위에 올라온 파스타를 포크로 돌돌 말――다 말고, 앨리스는 문득 고개를 들었다. 갑자기 작은 호기심이 생긴 것이다. 이토록 굉장한 우연의 일치를 보여주는 적국의 병사에게 딱 하나 확인해보고 싶은 것이 있었다.

"저기, 당신. 파스타 좋아해?"

"……나 말이야?"

설마 앨리스가 말을 걸 줄은 몰랐나 보다. 소년이 조금 늦게 반응했다.

"당신 말고 누가 있어?"

"어, 좋아해. 제일 좋아하는 음식일지도 몰라. 이런 크림 파스타도 좋아하지만, 소금과 후추로만 간한 파스타도 맛있어."

"어머. 뭘 좀 아네? 그거 간단하긴 해도 맛있지."

린에게 말해봤자 "뭐든지 가리지 말고 골고루 드세요"라는 대답만 나오는데. 왕궁 가신에게 말을 해봐도 기껏해야 "맛있다니 다행이네요"라는 성의 없는 대답만 돌아올 뿐이고.

이 와중에 적국의 소년이 들려준 대답은 앨리스에게 새로운 감각을 선사했다.

즐거웠다.

이스카와 대화하자 저절로 마음이 들떴다.

"그런데 이렇게 더운 날씨에는 냉파스타도 자꾸 먹고 싶어져."

"아, 냉파스타. 그거 좋지. 시장에서 단맛 나는 고당도 토마토를 발견하면 꼭 사서 만들어 먹어."

"맞아! 토마토 냉파스타 맛있지. 나도, 나도! 여름에 한창 더울 때에는 날마다——."

"앨리스 님, 식사는 안 하시나요?"

"…………앗."

린이 헛기침을 하면서 한마디 하자, 앨리스는 놀라서 작은 신음 소리를 냈다. 눈앞에 있는 소년은 적국의 병사였고, 자기 얼굴도 알아버린 사람이고, 또 사도성에게도 뒤지지 않는 일기당천의 전투원이었다.

그것을 깜빡했다.

"미, 미안해. 식사를 방해해서……."

"아니, 나야말로 미안해……."

서로 고개를 꾸벅 숙였다.

다시 조용히 식사하기 시작했다. 그런데 혼자서 빠르게 식사를 끝낸 여시종이 혼잣말하듯이 낮은 목소리로 중얼거렸다.

"파스타는 『알덴테(설익어서 씹는 맛이 있는 상태)』로 삶는 것이 상식이잖아요. 나 참, 뭘 모르는 사람들이네."

""아냐, 「벤코티」가 최고야!""

기막히다는 듯이 한숨짓는 린을 향해 앨리스와 이스카가 입을 모아 항의했다.

4

까만색 천구에다가 보석함을 뒤엎어놓은 것처럼 찬란히 빛나는 별들.

셀 수 없이 많은 별자리. 우러러보는 머리 위에서 지평선을 향해 낙하하듯이 미끄러져 가는 별똥별. 세계에서 가장 아름답다고 앨리스가 믿어 의심치 않는 왕궁의 밤하늘.

그런데 지금은 이 밤하늘조차 외면한 채.

"낮에 있었던 일은 앨리스 님의 가슴속에만 묻어두십시오."

"…………."

앨리스는 침대에 엎드려 린의 이야기를 듣고 있었다.

"실은 여왕님께 보고해야 할 사항입니다. 설령 전투가 발생하지 않았어도, 적국의 병사와 마주쳤으니까요."

"중립도시에서는 싸우면 안 돼. 린이 그렇게 말했잖아."

"설마 오페라하우스에서 헤어진 뒤 식사까지 함께하게 될 줄은 몰랐습니다."

네뷸리스 왕궁, 앨리스의 방인 『시온(종)의 보석함』.

린이 벽 쪽에 서서 평소와는 달리 감정을 억누른 목소리로 그렇게 말했다.

"다행히 오늘 대화를 통해서 황청의 기밀이 누설됐을 염려는 없습니다만. 그 점을 확신하지 못했더라면, 무슨 일이 있어도 여왕님께 보고해야 했을 겁니다."

"……나도 알아."

상대는 증오스러운 제국의 개이다.

자신들의 선조를 마녀, 마인이라고 부르며 박해한 자들. 이스카도 그중 하나. 그런데도 자꾸 마음이 흔들렸다. 이 석연치 않은 기분은 뭘까.

"이거."

머리맡에 놔둔 무지 손수건.

이스카는 아무 데서나 파는 물건이라고 했다.

"돌려주지 못했어……."

극장에서 빌린 손수건. 자기 눈물을 닦은 손수건이라서 그대로 돌려주지도 못하고 어영부영하다 보니 여기까지 들고 와버렸다.

"적국 군인의 소지품입니다. 버려도 되지 않을까요."

"……하지만."

"방금 말씀드렸잖아요. 오늘 있었던 일은 잊어버리시라고. 이스카라는 검사는 적입니다. 앨리스 님 개인의 적이 아니라, 앨리스 님과 당신의 동포 수만 명의 적입니다."

린의 스커트가 펄럭였다.

그것을 인식한 순간, 린은 이미 양손에 호신용 단도를 쥐고 있었다.

순식간에 벌어진 일이었다.

사실 그녀는 단도뿐만 아니라 실처럼 가느다란 금속 침, 강철 실, 소형 폭탄도 가지고 있었다. 저 가정부 같은 옷 안쪽에는, 앨리스로선 이름조차 모르는 수많은 암기가 숨겨져 있었다.

온갖 무예를 익힌 천재 무술가.

그것이 린이라는 소녀의 또 다른 모습이었다.

"연성루(鍊成樓)의 노사(老師)가 몹시 아쉬워했었지. 검술도 창술도 궁술도, 또 고문술. 거기서 배운 모든 것을 달인 수준으로 승화시킨 학생이 한낱 시종이 되다니. 그 아이는 황청 최고의 무술가가 될 재능을 가지고 있는데 아깝다고 하셨어."

"술 취하면 말이 많아지는 것이 노사의 나쁜 습관이지요. 그런데 저조차도 제가 그 이스카란 검사와 싸워서 이기는 광경을 상상할 수 없습니다. 검을 써도, 체술을 써도, 성령을 최대한 활용해도 결과는 마찬가지입니다."

"린, 네가 그렇다고?"

"네. 어쩌면 저의 스승인 노사도 싸워 이기기 힘들지도 모릅니다."

쨍. 높은 소리를 내며 칼집에 들어가는 두 자루의 단도.

"아마 앨리스 님께서 가장 잘 아실 테지요. 사도성에게도 보여주지 않았던 『빙화(氷花)』를 일개 병사 앞에서 피로하셨으니까요. ……그 검사는 괴물입니다. 언젠가 앨리스 님께서 제국을 공격할 때 가장 큰 벽이 되어 당신을 가로막는 것은 그 검사일지도 모릅니다."

그렇게 말하는 소녀의 얼굴에서는 분함이 느껴졌다.

자신은 앨리스의 호위임에도 불구하고, 이길 수 없는 상대가 제국에 존재한다는 사실을 알게 되었다. 그런 자신의 무력함에 화가 난 것이다.

"그러니까 오늘 뭔가 신경 쓰이는 일이 있으셨어도 그냥 잊어주시길 바랍니다. 그 검사는 황청의 가장 큰 불안 요소가 될 가능성이 있습니다."

린의 충고는 지극히 옳았다. 이스카의 능력은 앨리스가 보기에도 보통이 아니었다.

아직 10대라는 점을 고려할 때, 그가 앞으로 좀 더 경험을 쌓고 수련을 계속한다면 얼마나 무시무시한 상대가 될지 상상조차 하기 어려웠다.

……하지만 오늘 그 분위기에서는.

……그런 무시무시함이 전혀 느껴지지 않았는데.

린은 '중립도시니까 전의가 없는 것이 당연하다'고 말했다. 하지만 앨리스는 조금 다른 관점을 가지고 있었다. 그때 그에게는 살기 자체가 없었다. 전의를 일부러 없애거나 억누른 것이 아니라, 정말로 전혀 싸울 마음이 없었던 것이다.

……게다가 성령도 반응하지 않았다.

……평소에는 부하의 사소한 짜증조차 감지해서 가르쳐주는데.

성령은 그때 그를 적으로 간주하지 않았다.

또 무엇보다도.

함께 연극을 보고 함께 식사를 하면서 자신은 한순간이나마 그를 허물없이 대하고 말았다. 그 사실을 자각해버린 것이 가장 큰 문제였다.

이제 와서 완벽하게 감정을 버릴 수는 없었다.

그에게서 받은 손수건을 내버리는 것도 왠지 내키지 않았다.

"……그런데 린, 너도 잘못했어."

"제가요? 무엇을요?"

"린이 그때 '파스타는 『알덴테』로 삶는 것이 상식이다'라고 했잖아. 그래서 나와 이스카가 쓸데없이 의기투합했던 거라고."

"저는 사실을 이야기했을 뿐입니다. 파스타는 『알덴테』가 최고입니다. 이론의 여지 따윈 없어요."

"흥, 바보!"

앨리스는 멀리 서 있는 시종에게 베개를 냅다 집어던진 후 얇은 이불을 뒤집어썼다.

145

제도 제3지구, 제국 기숙사 03동 1층.

그곳에 있는 자기 방에서 이스카는 바닥에 드러누워 천장의 조명을 바라보고 있었다.

"……잠이 안 와."

눈꺼풀은 무거운데, 눈을 감고 몇 시간이나 기다려도 의식이 흐려지지 않았다.

긴장? 아니면 고양?

……둘 다 아니다.

……틀림없이 그것을 봤기 때문이리라.

빙화의 마녀로서 제국 전체를 두려움에 떨게 하는 앨리스가, 실은 제국의 인간과 똑같이 오페라를 감상하고 식사를 즐기기도 하면서 중립도시에서 사소한 일 하나하나에 일희일비하는 모습을.

"다 거짓말이야."

미풍처럼 희미한 중얼거림이 입술 사이로 흘러나왔다.

"빙화의 마녀가 피도 눈물도 없는 괴물이라니. 그건 제국에 퍼진 소문일 뿐이잖아. 그렇게 펑펑 눈물을 흘렸는데. 성령술사도 역시 평범한 인간이었던 거야."

그 소녀가 보여준 참모습.

성령술사를 기피하는 제국 사람들 중에서, 그렇게 엉엉 우는 앨리스를 보고 빙화의 마녀라고 단정 지을 사람이 과연 몇이나 될까. 그토록 가녀리고 연약해 보이는 소녀를.

제국에 있는 자신도, 네뷸리스 황청에 있는 앨리스도 다 똑같았다. 똑같은 인간…….

"……아 진짜, 왜 이렇게 잠이 안 오는 거야?!"
"……아 정말, 왜 이렇게 잠이 안 오는 거지?!"

같은 시각에.
멀리 떨어진 제국과 네뷸리스 황청에서 똑같이 비명을 지르는
소년과 소녀가 있었다.

Chapter.3
『운명을 이어주는 것』

the War ends the world /
raises the world

1

새파랗게 빛나면서 얼어붙어 있었다.

그곳이 이 세계의 어느 장소였는지, 어릴 적 자신은 기억하지
못했다.

그때 그는 제국 최강의 검사인 『흑강의 검투사』 크로스웰에게
이끌려 대륙의 도시들을 여행하고 있었다.

"제국이 이 세계의 전부는 아니야. 잘 봐둬라."

"10년 후 또는 20년 후일지도 모르지만, 어쨌든 이건 너에게 필
요한 경험이 될 거다."

여행 도중——어떤 사정에 의해 이스카가 스승님과 따로 행동
하게 되었을 때.

저 멀리 보이는 중립도시의 불빛을 목표로 밤의 황야를 가로질
러 가는 길에. 이스카가 탄 기관차가 그곳을 주름잡는 괴수들에
게 습격을 당했다.

가지고 있던 작은 호신용 검도 부러져서 궁지에 몰렸다. 그런

이스카의 목숨을 구해준 것은 한 마녀였다.

새파랗게 빛나는 빙벽이 방패가 되어 이스카를 지켜줬고, 단단한 얼음 총알이 괴수를 때려눕혔다.

……마녀가 나를 도와주다니?

제국 출신인 나를?

얼음의 마녀. 어두운 밤의 장막에 감추어진 마녀의 얼굴은 확인할 수 없었다.

같은 열차에 탄 승객이었을 것이다.

마녀는 제도에서 멀리 떨어진 이곳에서 만난 소년이 설마 제국 사람인 줄은 꿈에도 몰랐을 것이다. 게다가 괴수에게 습격당한 것은 마녀도 마찬가지였다. 자기 자신을 지키기 위해 괴수를 쓰러뜨리고 결과적으로 이스카도 구해주게 된 걸지도 모른다.

하지만 이유야 어쨌든 간에 「도움을 받았다」는 사실은 변함없었다.

……제국에서 배운 바로는, 마녀는 잔인한 괴물이라고 했는데.

……나와 다른 사람들을 구해준 건가?

그 일을 계기로.

마녀라는 존재에 대한 이스카의 인식이 바뀌었다.

마녀…… 아니, 성령술사는 나쁜 사람이 아닐지도 모른다. 만약 대화가 가능하다면, 서로 이해하고 잘 지낼 수 있을지도 모른다.

제국 사람이면서도 이스카는 지금도 그 직감을 믿고 있었다.

제도 제3지구 내부의 연습 구역.

상공에서 쏟아지는 살인적인 열선과 휘몰아치는 열풍은 섭씨 50도가 넘었다.

——사막 필드.

그 이름 그대로 광대한 사막에서의 전투를 상정한 훈련 시설이었다.

바닥에 깔린 모래에 자잘한 금속 파편을 섞어서 태양열 흡수 효율을 높인 이 시설의 기온은 겨울에도 섭씨 40도 밑으로 내려가지 않았다.

"헉…… 헉…… 아, 아으으으…… 무, 물……!"

필드 가장자리를 따라 달리는 네 사람.

꼴찌인 미스미스는 이 세상의 종말을 맞이한 듯한 비참한 표정으로 절규했다.

"무우울~~~~~~~~~~!"

"마시면 되잖아. 수분 보급을 하면서 답파 훈련을 하는 거니까."

진이 달리면서 뒤를 돌아봤다.

두 사람이 짊어진 배낭에는 급수 장치가 설치되어 있으므로, 빨대로 수분을 보급하면서 주행하는 것이 가능했다.

"이 훈련의 규칙이 그렇잖아. 군장을 메고 달리는 대신에 휴대하는 물은 마셔도 되니까. 등에 잔뜩 짊어진 물을 마시면 될 텐데."

"이미 다 마셨어. 진 군, 물, 물 한 모금만 나눠줘!"

"그러다 물배만 뽈록 나온다."

"으윽, 진 군, 너무해――!"

맥을 못 추면서도 절규할 기운은 있나 보다.

"이 연습장은 미친 것 같아! 이렇게 달리고 있는데 머리 위에서는 태양등 빛이 내리쬐고, 등 뒤에서는 고열 송풍기의 열풍이 불어오잖아…… 아아, 우리가 무슨 빨래도 아니고!"

"둘 다 훌륭한 열병기(熱兵器)잖아. 네네는 저거 본 적 있어."

네네가 뒤쪽에 설치된 대형 송풍기를 가리키면서 말했다.

"저것으로 사막을 재현하니까 우리는 훈련을 할 수 있고, 제1지구 연구자 여러분은 우리의 인체실험 데이터를 토대로 병기를 개량할 수 있고, 일석이조잖아?"

"네네, 무서워! 어떻게 그런 생각을 해?!"

인체실험이라는 단어를 듣고 비명을 지르는 여대장.

"아, 아아…… 저, 저기, 이스카 군…… 저쪽에…… 오아시스가 있어………… 천사님이 이리 오라고 손짓을 하고…… 계셔……?"

"대장님, 잠깐만요! 아마도 그쪽으로는 가면 안 될 것 같은데요!"

이스카는 엉뚱한 방향으로 달려가는 미스미스를 다급히 불러 세웠다. 그리고 상대를 격려하면서 급수 지점으로 향했다.

"아아아, 해냈다! 드, 드디어 사막 필드를 처음으로 제패했어!"

미스미스가 등에 멘 짐을 던져버리고 폴짝폴짝 뛰었다.

"하긴, 대장님은 저번에는 절반쯤 했을 때 들것에 실려 갔으니까요."

"응, 그렇지? 지난 1년 동안 체력 하나는 필사적으로 길렀거든!"

미스미스는 이마에서, 목덜미에서 폭포수 같은 땀을 흘리면서 주먹을 치켜들었다.

정말 기뻐서 피로조차 잊어버린 것 같았다.

……아무튼 참 대단하다.

……대장님은 이러니저러니 해도 우리가 없는 동안에도 열심히 노력했던 거구나.

이스카는 머리카락 끝에 맺힌 땀방울을 털어내면서 등 뒤에 있는 미스미스를 훔쳐봤다.

기껏해야 13~14세 정도로 보이는 동안과 작은 키. 저 앳된 외모 때문에 가끔은 자기보다 어린 일반 병사에게도 무시당하곤 하지만, 미스미스 본인은 굴하지 않고 꾸준히 분투했다. 그 성과가 이번 훈련에서도 드러난 것이리라.

"어, 뭐야~? 이스카 오빠, 왜 그렇게 미스미스 대장님을 흘끔흘끔 훔쳐봐?"

뾰로통한 얼굴로 투덜거리는 네네.

"이스카 오빠도 그런 거 좋아하나 봐?"

"……그런 거?"

"섹시한 여자."

겉옷을 벗고 가벼운 옷만 입은 미스미스.

하얀색 탱크톱 양옆으로 뻗어 나온 두 팔은 운동 직후라서 발갛게 달아올라 있었고, 대량의 땀으로 젖어버린 옷은 몸에 딱 달라붙어서 신체 라인을 다 보여주고 있었다.

옷 위로 드러난 볼록한 가슴과 섹시한 허리.

땀으로 젖은 그 풍만한 몸매는 미스미스의 작은 키나 동안과 강하게 대비되면서 그녀가 「성인」임을 충분히 의식시켜줬다. 그만큼 선정적인 모습이었다.

"……좋겠다. 대장님은 키는 작은데도 나올 곳은 제대로 나와 있다니까."

네네가 부러운 듯이 미스미스를 쳐다보면서 입꼬리를 내려뜨렸다.

"어? 네네야, 뭐라고 했어?"

"아니, 그냥~ 이스카 오빠가 대장님을 음흉한 눈빛으로……으읍?"

"보지 않았습니다!"

이스카는 허둥지둥 네네의 입을 막고 전력으로 고개를 흔들면서 대답했다.

"네네, 그건 오해야."

"……정말?"

"정말이야. 난 그저——."

이스카가 말을 이으려고 했을 때.

굉음을 내면서 작동하는 고열 송풍기에서 나오는 바람이 갑자기 바뀌었다. 날달걀도 계란 프라이로 만들어버릴 정도로 지독히 뜨거웠던 열풍이 순식간에 기분 좋은 서늘한 미풍으로 변했다.

"……어? 시원하네. 선풍기같이 시원해."

미스미스가 신기해하면서 고개를 갸웃거렸다.

"기계가 고장 났나?"

"아니야. 내가 미스미스를 위해 일부러 냉방용으로 바꿔준 거야."

"꺄악?!"

벤치에 앉아 있는 대장의 등 뒤로 한 여성이 다가와서 어깨를 붙잡았다.

"아, 깜짝이야. 리샤였구나."

"안녕~! 이스캇치, 네네땅, 진진도 1년 만이네? 나 기억해?"

리샤라고 불린 여성은 장난스럽게 경례를 했다.

예리하고 단정한 그 외모와 지적인 검은 테 안경이 잘 어울리는 여성이었다.

키도 커서 평범한 전투복을 입어도 「모델」처럼 보였다. 이스카는 이 뛰어난 외모의 소유자를 잘 알고 있었다.

"이상한 질문이네요. 현역 사도성을 모르는 군인이 어디 있어요?"

"이스캇치와는 1년 전까지는 동료였잖아?"

안경 렌즈 너머로 윙크하는 리샤.

리샤 인 엠파이어――.

이 여성은 한마디로 말해, 제국이 자랑하는 불세출의 「만능 천재」였다.

학문, 체술, 사격술, 생존기술, 더 나아가 전략지휘까지. 모든 분야에서 재능을 발휘하여 군사학교를 수석으로 졸업했고.

가혹한 경쟁시험을 끝까지 잘 이겨내서 순식간에 대장급에서 사도성의 지위까지 올라간 재녀였다.

"지금은…… 방어기구의 사령부 특별 객원이라고 했나요? 대단하시네요."

"에이, 별것 아니야. 이스캇치도 1년 전까지는 사도성 동료였잖아."

아하하 하고 가볍게 대꾸하는 리샤.

그때 그녀의 등 뒤에서.

"최연소로 승격했어도 이스카는 사도성 말석. 그에 비해 당신은 서열 제5위인 참모, 이른바 천제의 심복 중 하나이다. 같은 사도성이라도 격이 달라."

나무그늘 속에서 쉬고 있던 진이 귀찮다는 표정으로 일어나면서 말을 이었다.

"그래, 오늘은 무슨 귀찮은 일을 떠맡기려고 왔어?"

"간단한 부탁이나 하러 온 거야. 있잖아, 미스미스."

리샤는 장난스럽게 혀를 쏙 내밀더니 집게손가락으로 미스미스를 가리켰다.

"다음 임무에서 미스미스의 부대는 내 밑에서 움직이게 되었어. 사후승인이긴 한데 이해해줘!"

"으, 진짜……?"

"어? 싫어?"

"그야 뭐, 그렇잖아. 리샤는 머리가 너무 좋으니까, 내가 네 작전을 제대로 이해할 수 있을지 걱정인걸."

"괜찮아~ 괜찮아. 우리는 친하니까 문제없어."

불만스런 표정으로 리샤를 쳐다보는 미스미스.

리샤는 그런 동급생의 머리를 쓰다듬으며 이야기했다.

"미스미스를 위해서 수제 작전 설명서를 만들어줄게. 그 대신
잃어버리면 안 돼."

"정말?! 응, 그럼 좋아!"

"진진, 작전 설명서 만들어줘. 알았지?"

"내가 만드는 거였어?"

"내가 만든다는 말은 안 했잖아? 아무튼 오늘은 가볍게 인사차
온 거야. 이 부대는 대장만 빼면 전부 다 우수하니까."

"……리샤?"

"아하하, 농담이야, 농담. 미스미스도 훌륭해. 내가 하는 말이
니까 믿어도 돼. 알지?"

뾰로통해진 미스미스의 머리를 쓰다듬는 리샤.

서로 잘 아는 동급생 사이라서 그런 걸까? 그래도 천제 직속인
사도성이 일개 부대의 대장과 이토록 친하게 지내는 것은 그리
흔한 광경은 아닐 것이다.

──철저한 실력지상주의.

미스미스 같은 젊은 대장에게 사도성이란「언젠가 찍어 눌러야
할 목표물」이고, 사도성에게 대장이란「이미 찍어 누른 부하」라고
한다.

……리샤가 미스미스 대장님과 사이가 좋은 것은.

……대장님이 그렇게 남을 찍어 누르면서 경쟁하는 것과는 무관한 성격이기 때문일까.

이전에도 리샤는 종종 우리 부대에 찾아왔는데, 그때도 작전과는 상관없이 둘이서 신나게 쇼핑 이야기를 했던 것 같기도 하다.

그리고 리샤의 자신감.

자기 재능과 실력에 대한 완벽한 자신감을 가지고 있기 때문에 이토록 표표하게 지내는 것일지도 모른다.

"그나저나 참 행동이 빠르군."

진은 하늘같이 높으신 상관을 향해 도전적인 미소를 지으며 말했다.

"이스카가 석방된 지 열일곱 시간 만에 네우르카 수해까지 원정을 가게 되었지. 우리가 지난 1년 동안 맡았던 임무는 그거 하나뿐이었다. 그런데 이토록 빨리 우리를 직접 지휘하기로 결단하다니. 대단하잖아? **내가 당신이라면 좀 더 자유롭게 활동하도록 내버려둘 텐데.**"

"좀 더 실력을 시험해볼 거라는 뜻이야? 음~ 물론 그럴 거야. 하지만 너희들에 대해서는 이미 대충 파악했으니까."

안경 너머에서.

사도성 리샤의 눈이 초승달처럼 가늘어졌다.

"네우르카 수해에서 벌였던 교전에 관한 보고서, 참 잘 썼던데. 정확하고 간결했어. 오자, 탈자는 물론 하나도 없었고. 그건 진진이 쓴 거지?”

“당연하지.”

“그걸 읽으니까 알겠더라. 너희들의 실력이 전혀 녹슬지 않았다는 것을.”

리샤는 윙크를 하더니 몸을 반쯤 돌렸다.

이스카를 향해서.

“그나저나 이스캇치, 면담 좀 할까?”

“면담이요?”

“컨디션은 어때? 미슷치한테서 들었어. 네우르카 수해 원정에서 돌아온 이후로 잠을 잘 못 잔다면서.”

“……조금 잠을 설치는 것뿐이에요.”

컨디션이 어떤지 보고하는 것은 병사의 임무다.

미스미스에게 알려진 이상, 사도성인 리샤도 마음만 먹으면 얼마든지 그것을 확인할 수 있을 것이다. 그런데 잠이 안 오는 이유는 이스카 본인도 몰랐다.

빙화의 마녀 앨리스.

어째서인지 그녀의 얼굴이 떠올라서 잠이 오지 않았다.

“아직 컨디션이 완벽하게 회복되진 않은 것 같네. 미슷치 말로는 엊그제 오페라를 보고 왔다던데, 하루쯤 가볍게 기분 전환 하는 정도로는 회복이 안 된 거야?”

“그래도 즐거웠습니다. 어, 중립도시에도 오랜만에 가봤으니까요.”

고개를 열심히 흔들며 대답했다.

……중립도시에서 앨리스와 만났다는 사실은.

……말할 만한 분위기가 아니었다.

"아, 맞다. 미스미스 대장님. 감사합니다. 덕분에 오페라도 재미있게 봤어요."

"그렇지, 그렇지~? 때로는 그런 비극을 보는 것도 좋지 않아? 괴롭긴 해도 가슴속에 뭔가 꽉 차는 느낌이 들잖아?"

기뻐하면서 자기 가슴에 손을 대는 미스미스.

"리샤는 재미없다고 했지만."

"나는 그런 예술이니 뭐니 하는 것을 이해하지 못하는 인종이야. 그에 비해 이스캇치는 예전부터 음악이나 그림을 감상하는 것도 좋아했잖아. 그렇지?"

"네. 그런데 리샤 씨에게 제 취미에 관한 이야기를 했던가요?"

"아, 그런 정보를 수집하는 것이 내 취미야. 부하의 연애 이야기나 소문 같은 거. 진짜 좋아하거든."

리샤는 상의 앞주머니에 손을 집어넣었다.

"이스캇치, 비블랑 사릴이 누군지 알아?"

"제국의 궁정 화가잖아요. 그게…… 어, 약 150년 전이니까, 백년전쟁 이전의 시대에 활약했던 유화 화가 아닌가요?"

"역시 대단하네. 그럼 이거, 받아줄래?"

장난스런 미소를 짓는 참모관.

그녀가 주머니에서 꺼낸 것은 조그만 티켓 한 장이었다.

"전시회가 열렸대."

"……비블랑의 그림 전시회가요? 중립도시에서?"

"응. 도박으로 부하한테서 빼앗은 건데, 나보다는 이스캇치가 보러 가는 편이 낫겠다 싶어서. 비블랑도 더 기뻐할 것 같고."

"하지만 저는 엊그제도 휴가를 받아서 쉬었는데……."

"쉴 만큼 일하게 해줄 테니까 걱정 마. 이스캇치는 다음 작전에서 활약해야 하니까."

리샤는 미스미스의 머리를 쓰다듬으면서 말했다.

그러다 갑자기 손을 떼고 몸을 돌렸다.

"좋아. 이로써 미스미스의 소대는 나의 지휘를 받게 된 거야. 알았지? 다음 주에 다 함께 모이고, 다음 달부터 합동 훈련을 시작할 거야. 그때까지는 훈련을 해도 좋고, 아니면 이스캇치처럼 진진과 네네땅을 쉬게 해줘도 돼."

"나도? 나도 쉬어도 돼?"

"미스미스는 대장이니까 안 돼. 나와 함께 작전회의를 해야지."

"너무해!"

어린아이같이 뺨을 부풀리는 미스미스. 재미있어하면서 그녀를 놀리는 리샤.

옆에서 그들이 그러는 동안 이스카는 홀로 생각했다.

"……중립도시에 한 번 더 간단 말이지."

겨우 이틀 전에 이루어진 앨리스와의 재회가 이스카의 뇌리에 떠올랐다.

설마 두 번이나 우연이 계속되진 않겠지.

이번에는 제국 화가 비블랑의 개인전이 열리는 거고, 벌써 이틀이나 지났으니까. 게다가 그런 식으로 재회했던 장소에 그녀가 다시 한 번 찾아올 이유가 없었다.

……결국 앨리스에게 빌려준 손수건은 돌려받지 못했구나.

……아니, 무슨 생각을 하는 거야.

이스카는 머릿속에 떠오르는 잡념을 떨쳐내려는 듯이 고개를 세차게 흔들었다.

2

네뷸리스 왕궁.

성령술사가 건국한 황청의 가장 안쪽에 위치한 성.

그 성은 뾰족한 세 개의 탑으로 구분되어 있으며, 달마다 탑 하나하나의 내부가 민중에게 공개되었다. 즉, 민중은 성 전체를 견학할 수 있었다.

그것이 왕가와 백성 사이에 확립된 신뢰였다.

──아무것도 숨기지 않는다.

──우리는 제국과 싸우는 동지다.

그런데 이처럼 공개적인 왕궁 내에서도 민중에게 보여주지 않는 장소가 있었다. 왕궁 사람들조차 여왕의 허가 없이는 드나들 수 없는 영역이었다.

"린, 늦어서 미안해. 오래 기다렸니?"

"아뇨. 저도 지금 막 왔습니다."

어두운 공간에서 촛불 빛을 받아 드러난 린. 앨리스는 종종걸음으로 린에게 다가갔다.

"여긴 언제 봐도 참 기분 나쁜 곳이네."

그곳은 천연 종유동을 이용한 지하통로였다.

공기는 미지근하고 축축했다. 어디선가 바람이 불어와 종유동을 순환하면서 앨리스의 목덜미를 어루만지고 지나갔다.

그때마다 뭔가 저주 받은 듯한 한기가 절로 느껴졌다.

"……린, 살려줘."

"앨리스 님, 너무 무서워하면서 착 달라붙지 말아주세요. 어린애도 아니고."

"하, 하지만, 귀신이 나오면 어떡해……."

"귀신보다 앨리스 님의 성령이 더 강할 테니까 문제없습니다. 게다가——."

나란히 걷는 린이 새삼스럽게 무슨 말을 하냐는 듯이 이어서 말했다.

"이곳에 잠들어 계신 분은 돌아가신 게 아니지 않습니까."

"……그건 나도 알아."

말은 그렇게 하면서도 계속 린의 옷자락을 꽉 붙잡고 있었다.

울퉁불퉁한 비탈길을 묵묵히 내려가자 희미한 황금색 빛이 보이기 시작했다.

──황금 제단.

돌바닥에는 붉은 융단이 깔려 있었다. 보좌 위에는 놋쇠 칠성 촛대, 고대문자로 된 교전(敎典), 앨리스가 이름조차 모르는 숱한 성물들이 놓여 있었다.

"늦어서 죄송합니다. 어마마마."

"아뇨, 정확히 잘 왔습니다."

연보라색 드레스를 입은 여성이 뒤를 돌아봤다.

촛불 빛을 받은 머리카락은 갈색을 띤 금빛이었다. 루비같이 붉은 두 눈동자에는 부드러움과 엄격함과 고귀한 기품이 배어 있었다.

아름답고 냉엄한 인물.

그가 바로 밀라베어 루 네뷸리스 8세──앨리스의 어머니이자 네뷸리스의 여왕이었다.

그런데 어머니가 알현실 이외의 장소로 앨리스를 불러낸 것은 드문 일이었다.

"앨리스, 지난번에 제국의 검사와 싸웠다고 했지요. 사도성은 아니지만, 사도성과 비슷한 실력을 가진 검사와 만났다고."

"네."

이스카 이야기였다.

네우르카 수해에서 교전한 그날 앨리스는 그에 관해 보고했다.

어머니 밀라베어도 역전의 성령술사. 사도성과 싸운 경험도 있고, 제국군의 구성에 관해서도 잘 알고 있었다. 그래서 어머니라면 그의 정체를 알지도 모른다고 생각했다.

그러나. 어머니도 이스카라는 검사의 정체는 단정 짓지 못했다.

"……그렇군요."

"어마마마? 무슨 일 있으신가요?"

여왕은 제단 뒤쪽을 돌아봤다.

"둘 다 이것을 보세요."

"이것은…… 시조님의 봉인이?!"

비명 같은 린의 목소리가 종유동 안에서 어지러이 메아리쳤다.

여시종은 정면에 있는 검은 돌기둥을 쳐다보면서 공포에 질려 뒷걸음질 쳤다.

──시조 네뷸리스.

검은 돌기둥에는 나신의 대마녀가 매달려 있었다.

햇빛을 받아 구릿빛으로 변한 피부와, 부드럽게 물결치는 진주색 머리카락이 인상적인 인물. 성령술사의 낙원인 네뷸리스 황청의 창시자로서 궁극의 성령을 지닌 고대 성령술사.

아직 열셋 또는 열네 살밖에 안 되어 보이는 소녀였다.

"100년 전에 혼자서 수만 명이나 되는 제국군과 싸웠던 시조님. **이분은 지금도 살아 계십니다.**"

묘한 말투로 이야기하는 네뷸리스의 여왕.

"시조님께는 쌍둥이 여동생이 있었습니다. 그분이 바로 네뷸리스 1세. 저와 앨리스를 포함한 왕가 혈통은 그분에게서 비롯된 거죠. 애초에 제국 사람들은 자기들이 『대마녀』라고 부르면서 두려워했던 시조님에게 여동생이 있었다는 사실조차 모르고 있지만 요. 그래서 네뷸리스 1세가 세상을 떠났을 때 제국은 대마녀가 사라진 것을 기뻐했다고 하지만."

대마녀 네뷸리스는 살아 있다.

이는 네뷸리스 황청 내부에서도 앨리스 같은 왕족과, 대대로 왕가에 충성을 바쳐온 린 일족밖에 모르는 사실이었다.

쌍둥이 여동생은 황청의 여왕이 되어 자식을 낳았고 훗날 네뷸리스 1세라 불리게 되었다.

그런데 언니는 달랐다.

세계에서 가장 오래된 성령이라고도 하는 특별한 성령을 지닌 시조 네뷸리스. 그녀는 그 능력으로 시간의 흐름마저 차단한 채 지금도 제국에 복수할 기회를 노리고 있었다.

그리고 린이 놀라서 소리를 지른 이유는——.

"앨리스 님, 시조님의 봉인이 풀릴 것 같아요!"

깊이 잠든 소녀의 육체는 허공에 떠 있었다. 소녀의 양손과 양발을 기둥에 고정시킨 쇠사슬 같은 구속구가 있었으므로. 그런데 그게 풀릴 것 같았다.

"앨리스. 당신이 네우르카 수해에서 제국의 검사와 싸웠을 때 시조님께도 변화가 일어났습니다."

"……뭐가 어떻게 된 건가요?"

"성령은 숙주인 인간의 위기에 반응합니다. 기록에 의하면, 과거에 제국군이 이 황청에 도달했을 때에는 대부분의 성령이 일제히 반응했다고 합니다. 시조님의 성령도 아마 마찬가지일 테지요."

검은 돌기둥으로 다가가는 네뷸리스 여왕.

종유동 천장까지 닿을 듯한 돌기둥에 시조라고 불리는 소녀가 매달려 있었다. 그 위치는 지상에서 10미터 이상 떨어진 곳이었다.

"마치 각성의 전조 같군요. 그렇지 않습니까?"

여왕의 말에 앨리스는 말없이 린과 얼굴을 마주 봤다.

지금까지 자신이 제국군과 싸웠을 때에는 이런 현상은 일어나지 않았다. 그런데 이스카와 싸웠을 때에만 시조가 반응했단 말인가?

"시조님의 성령이 반응하는 조건은 아직 해명되지 않았습니다."

여왕이 고개를 옆으로 흔들었다.

"다만 성령은 다른 성령과 공명한다고 합니다. 앨리스에게 깃든 성령은 강력하니까요. 그 힘을 발휘했을 때 시조님의 성령에 영향을 줬을지도 모른다──는 것이 성령원(星靈院) 연구자들의 예측입니다."

"그러고 보니 앨리스 님이 그만한 힘을 발휘하신 것은 처음이었지요."

대화를 나누는 네뷸리스 8세와 린.

앨리스는 그 대화를 들으면서 시조라 불리는 성령술사를 쳐다봤다.

……나의 힘에 반응했다고?

……그럴 리 없어. 왜냐하면.

앨리스는 자신에게 깃든 성령의 한계를 확인해보고 싶어서 그동안 남몰래 황청 외곽에 있는 무인(無人) 투기장에서 꾸준히 실험을 해왔으니까.

당연히 이스카와 싸웠을 때와 같은 힘을 해방시킨 적도 있었다.

하지만 그때 시조는 반응하지 않았다.

즉, 시조는 자신이 이스카와 싸웠을 때에만 반응했다. 그렇게 해석할 수밖에 없었다.

"……이스카. 그의 정체는 도대체 뭘까."

"앨리스, 방금 무슨 말 했나요?"

"아, 아뇨! 아무 말도 안 했습니다!"

여왕은 앨리스와 이스카의 전투에 관해 진지하게 생각해보는 것 같았다.

……아아, 절대로 말할 수 없어.

……엊그제 중립도시에서 그와 다시 만났다는 사실은.

게다가 오페라 감상 도중에 오열하는 모습을 그에게 들켰고, 그 후 함께 식사까지 하지 않았는가. 그야말로 운명의 장난이었다. ……그건 잊어버리자. 응, 잊어야 해.

그런데 이런 생각을 할수록 그의 얼굴이 저절로 떠오르는 이유가 대체 뭘까?

"아무튼."

네뷸리스 8세는 팔짱을 끼면서 말을 이었다.

"시조님의 성령은 아직 해명되지 않은 부분이 많습니다. 좀 더 빨리 연구를 진전시키라고 성령원에 지시할 테니, 앨리스, 당신은 전장에 나서는 것을 자제하세요. 제국 검사의 정체를 알아내기 전까지는."

"네. 그럼 먼저 물러나겠습니다."

──가자, 린.

눈빛으로 그렇게 전하고, 시조 네뷸리스에게 등을 돌렸다.

거대한 검처럼 생긴 검은색 돌기둥에 매달려 있는 대마녀. 마치 흑강의 검이 대마녀를 꿰뚫은 것 같았다.

"눈을 떠라."

"검은 성검으로 차단한 양만큼 하얀 성검으로 해방시킬 수 있어."

"…………『**눈을 떠라**』라고?"

화들짝 놀라 뒤를 돌아봤다.

잠든 시조가 매달려 있는 저 검은색 돌기둥은 마치 대지에 꽂힌 검과도 같았다. 그 기둥의 색깔이 이스카의 흑강의 검과 흡사한 것은 단순한 우연일까?

잠들어 있는 시조.

이스카가 중얼거린 「눈을 떠라」라는 해방의 한마디.

그리고 어머니의 말씀이 의하면, 자신과 이스카가 싸웠을 때 시조 네뷸리스의 성령이 반응하여 본인을 고정시키는 구속구를 풀려고 했다.

"앨리스 님, 왜 그러세요?"

"……! 아, 아무것도 아니야."

관두자.

앨리스는 머릿속에 떠올릴 뻔했던 추측, 아니, 망상을 억지로 물리쳤다.

지금은 일단 그와 만났던 일은 잊어버리자. 최근에는 그 사람 때문에 잠도 제대로 못 잤다. 다른 생각을 하자.

"그러고 보니 회화 개인전이 열린다고 했지?"

"앨리스 님, 설마 또 중립도시에……?"

린이 앨리스의 혼잣말을 민감하게 알아듣고 기막혀했다.

"혹시라도 엊그제와 같은 일이 생긴다면……."

"그건 우연이었어. 그래도 혹시 모르니까 오페라는 안 볼게. 그때는 기분 전환을 할 수가 없었잖아? 그러니까 이번에야말로 마음껏 여가를 즐기고 싶어."

뒤쪽에 계시는 어머니에게 들리지 않도록 소곤소곤 귓속말을 했다.

종유동의 비탈길을 따라 지상으로 올라가면서.

"중립도시 에인에서 마침 인상파 화가 비블랑의 전시회가 열리고 있으니까."

"비블랑?"

"……아니, 그냥 혼잣말해본 거야."

제국의 궁정 화가라고 하면 틀림없이 린이 반대할 테니까.

물론 제국은 적이지만. 그곳에서 번영한 미술과 음악이 이 세계의 현대미술에 큰 영향을 준 것은 부정할 수 없는 사실이었다.

특히 궁정 화가 비블랑의 부드럽고 섬세한 색채는———.

보기만 해도 마음이 깨끗해지는 것 같았다. 어린 시절에 그 그림첩을 본 이후로 언젠가는 꼭 실물을 보고 싶다고 생각했다.

"린은 저택에서 기다려. 가까운 도시니까 나 혼자 다녀와도 될 거야."

혼자서 마음껏 그림을 감상하는 휴식 시간.

생각만 해도 가슴이 설렜다. 앨리스는 행복한 마음으로 시조가 잠든 성역을 떠났다.

"그래. 내 마음의 잡념도 분명히 깨끗이 사라질 거야."

3

다음 날.

"아니 진짜로, 어, 째, 서, 당신이 여기 있는 거야————?!"

중립도시 에인의 광장에서——

앨리스는 **우연히** 자기 눈앞을 지나가는 소년에게 삿대질하면서 온 힘을 다해 절규했다.

"이스카?!"

"……앨리스?! 왜 여기 있어?!"

똑같이 얼음처럼 굳어버리는 이스카. 덤으로 앨리스가 지금 가려고 하는 화가의 전시회 티켓이 그의 손에도 들려 있었다.

"심지어 똑같은 개인전을 보려고 하다니…… 이, 이게 어떻게 된 거야?! 왜 제국군인 당신이 이렇게 자주 중립도시에 오는 거야? 제국을 지킨다는 사명은 어쩌고?!"

"저기, 애초에 비블랑은 제국의 인상파 화가잖아. 내가 그 사람 개인전을 보러 오는 것도 자연스럽고. 그러는 너야말로 제국 화가의 그림을 감상해도 되는 거야?"

"미술에 국경 따윈 없어."

"나도 그냥 좋아하는 작가라서 보러 온 것뿐이야."

끄으응. 둘 다 서로를 노려봤다.

광장을 오가는 사람들의 시선이 자기들에게 집중되는 줄도 모르고.

"설마 앨리스가 제국 화가의 그림을 감상하러 올 줄이야."

"뭐, 뭐 어때! 비블랑이 묘사한 저녁 안개 낀 거리나 아침놀 풍경 같은 거. 난 그림은 그릴 줄 몰라도 보는 것은 좋아한단 말이야. 왜, 그러면 안 돼?!"

"흐음."

"……뭐야, 왜 그래?"

"실은 나도 똑같거든."

이스카는 손에 쥔 티켓을 보더니, 광장과 이어진 큰길을 손가락으로 가리켰다.

"아마 이 길로 가면 미술관이 나올 텐데. 같이 갈래?"

"어……? 아, 안 돼!"

아무리 중립도시라고는 해도 네뷸리스 황청의 공주인 자신이 제국 검사와 동행하다니. 누군가에게 들켰다간 큰일 날 것이다.

……네뷸리스 왕가도 기반이 탄탄한 것은 아니었다.

……내가 문제를 일으키면 여왕인 어마마마가 피해를 보실 것이다.

과거에 네뷸리스 왕가는 여왕 자리를 둘러싸고 몇 번이나 충돌을 벌였다.

피를 나눈 친척끼리도 여왕이 되기 위해서라면 협박, 음모, 유언비어에 의한 정보 공작 등도 서슴지 않았다. 앨리스 본인도 아무런 이유 없이 부당하게 비난을 당한 적이 셀 수 없이 많았다. 그것도 세 자매 중 언니와 동생한테서.

……실은 미술관이 어디 있는지 몰라서 난처해하고 있었는데.

……아냐. 그래도 안 돼. 정신 차려, 앨리스!

지금은 린도 없잖아. 이스카와 단둘이 있는 장면을 누군가에게 들킨다면, 적국의 공주와 검사가 밀회한다는 어처구니없는 소문이 날 것이다.

"당신은 저쪽 큰길로 가. 나는…… 이, 이쪽 길로 갈 거야!"

될 대로 되라. 앨리스는 그냥 눈에 보이는 좁은 길을 가리키면서 말했다.

"이 좁은 길로 간다고?"

"으, 응."

"아무리 봐도 뒷골목으로 가는 길이잖아. 그쪽으로 갔다간 길을 잃어버릴 텐데?"

"안 잃어버려. 두고 봐!"

"앗, 앨리스――."

이스카의 대답을 듣지도 않고 등을 돌렸다.

뒤에서 그가 뭐라고 소리치는 것 같았지만, 앨리스는 그것도 무시하고 성큼성큼 걸음을 옮겼다. 처음에 이스카가 가리켰던 큰길에서 90도 각도로 멀어지는 좁은 길로.

길을 따라 몇 분쯤 걸어갔을 때.

"……여기가 어디지……?"

앨리스는 벌써부터 후회하기 시작했다.

너무 어두웠다.

오후의 햇살이 눈부시게 쏟아지는 시간대인데도 그랬다. 이 좁은 길은 길이 아니라, 건물과 건물의 틈새에 불과했다. 건물들이 햇빛을 가려서 마치 밤처럼 어두웠다.

"게다가 뭐야, 너무 더럽잖아. 쓰레기가 널려 있어서 비위생적이고 냄새도 나고……."

벽에는 기분 나쁜 뭔가가 들러붙어 있었다.

색이 변해버린 혈흔 같은 것도 있었다. 여기서 주정뱅이들이 싸움이라도 한 걸까?

"정말 비상식적이야. 내가 이 나라의 공주라면 당장 전 국민에게 대청소를 하라고 명령할 거야…… 나 참, 아무리 예술의 도시여도 그렇지, 큰 도로만 깔끔하게 꾸며놓으면 되는 게 아니거든?"

목적지를 잃고 멍하니 골목길을 걸어갔다. 현재 위치도 모르는 채, 오로지 직감에 의지하여 미술관으로 향했다.

약 수십 분 후.

"……린, 살려줘."

앨리스는 완전히 길을 잃어버렸다.

음식물 쓰레기가 쌓여 있는 곳이나 어두운 길을 피해서 이리저리 돌아다니다 보니, 어느새 처음 이스카와 만났던 곳으로 돌아가는 길조차 알 수 없게 되었다.

"중간에 미술관으로 가는 길도 물어봤는데……."

자신이 뭘 잘못 물어봤는지, 아니면 상대가 잘못 알아들었는지, 앨리스가 도착한 곳은 목적지인 미술관이 아니라 또 다른 광장이었다.

"이, 이 도시는 도대체 왜 이러는 거야……? 여행자들도 쉽게 돌아다닐 수 있게 만들어놔야 하는 거 아냐……?"

그때 텅 빈 벤치가 눈에 띄었다. 거기서 분수를 등지고 쭈그려 앉았다.

미술관을 찾기는커녕, 그 더러운 뒷골목을 빠져나오느라 필사적으로 돌아다녔기 때문에 피곤하고 다리가 아팠다.

벌써 하늘도 저녁놀로 물들었다.

지평선 끄트머리에 연한 회색 장막이 드리우기 시작했다. 광장에 모인 관광객들도 하나둘씩 숙소로 돌아가고 있었다.

"…………"

분수에서 튀어 오르는 물방울이 저녁 햇살을 받아 반짝반짝 황갈색으로 빛났다.

저쪽에서는 친해 보이는 어린아이 둘이 손을 잡고 신나게 뛰어다니고 있었다.

"……외롭지 않아."

앨리스는 갈라진 목소리로 중얼거렸다.

"나한테도 린이 있거든? 성에 돌아가면 만날 수 있어. 그러니까 오늘 하루쯤은 이래도 괜찮……"

"앨리스?"

그때 벤치 뒤에서 익숙한 목소리가 들려왔다.

"아, 역시. 앨리스 맞네."

"어? 저, 누구세요………… 아니, 이스카?!"

등 뒤에 서 있는 소년의 모습을 확인한 앨리스는 비명을 지르며 펄쩍 뛰었다.

예상치 못한 타이밍에 상대가 말을 걸어서 깜짝 놀랐다. 놀란 나머지 심장이 너무 빠르게 뛰어서 아플 정도였다.

"당신이 왜 여기 있어? 미술관에는 안 갔어?"

"가서 구경하고 왔어. 그런데 앨리스, 네가 안 보이기에, 혹시 길을 잃어버렸나 했지. 그런 좁은 골목길로 들어가서 미술관과는 반대 방향으로 갔으니까."

"윽……."

정확한 지적이었다. 반론의 여지가 없었다.

"안내해줄까?"

"뭐?"

"벌써 저녁때잖아. 미술관 입장 시간도 곧 끝날 테니까 가려면 빨리 가야지."

자연스럽게 그런 제안을 하는 이스카.

"아, 아냐, 역시 안 돼. 우리는 적이라고, 알아?! 나는 네뷸리스 황청의 공주고, 당신은 적국의 검사잖아!"

"공주였구나?"

"앗……."

자기 정체를 적에게 가르쳐줬다는 사실을 지적받았다. 앨리스는 그대로 굳어버렸다.

왕위 계승권자라고 말한 적은 있지만 정확한 신분은 밝히지 않았었다. 그런데 빙화의 마녀가 현 여왕인 네뷸리스 8세의 딸이라는 사실을 적에게 들키고 말았다.

"뭐, 나도 예상은 했었어."

"……응, 그렇지?! 이제 와서 당신에게 숨길 필요도 없는 거였어."

깊숙이 눌러쓴 챙 넓은 모자를 벗어버렸다.

저녁 햇살 아래 얼굴이 드러났다.

"우리는 적이잖아. 함께 미술관에 간다니, 말도 안 돼."

"그래, 우리는 적이지만."

이스카는 진지한 얼굴로 고개를 갸웃거렸다.

"미술에는 국경이 없다. 앨리스, 네가 그렇게 말했잖아."

"…………."

순간적으로 할 말을 잃었다.

모든 다툼을 잊어버리고 문화를 즐기는 것. 그것이 중립도시의 이념이다.

그리고 앨리스는 지금 제국의 궁정 화가가 그린 그림을 보러 왔다. 그러니까 제국의 관객이 이곳에 와서 **우연히** 동석하더라도 전혀 이상할 것이 없었다.

"……맞아. 내가 그렇게 말했지."

손에 든 모자를 다시 머리 위로 올렸다.

깊이 눌러쓰지 않고 머리에 가볍게 얹었다.

"그럼 안내를 부탁할게."

"좋아. 이쪽으로 와."

이스카가 걸음을 떼자 앨리스는 그 뒤를 따라갔다. 아아, 역시 또 걸어야 하는구나…… 앨리스의 그런 심정을 아는지 모르는지, 이스카는 예상보다 빨리 걸음을 멈췄다.

"다 왔어."

"어? 설마……."

비블랑 개인전——그런 내용의 입간판이 세워져 있는 미술관. 앨리스는 그곳을 가리키는 이스카와, 그 건물 너머로 보이는 광장을 번갈아 살펴봤다.

"방금 내가 헤매다가 도착한 광장. 실은 미술관 뒤에 있었던 거야?"

"응. 넌 미술관 뒤쪽 광장에 있었어. 그래서 내가 너를 발견한 거야. 아무튼 빨리 가자. 폐관 시간까지 30분밖에 안 남았어."

입구 근처에 있는 벽시계를 쳐다보는 이스카.

"전부 다 구경하기는 힘들지도 몰라. 앨리스, 뭐 보고 싶은 거 있어?"

"어, 저기…… 음…… 그러면『황혼 빛 거리』를 보고 싶어. 높은 예배당 옥상에서 겨울날 제도의 해가 가라앉는 모습을 내려다보는 풍경화!"

"그래. 이쪽으로 와."

미술관을 오가는 사람들의 행렬 쪽으로 이스카는 빠르게 걸어갔다.

지나쳐 가는 관광객들.

이스카와 앨리스는 출구로 가는 사람들의 흐름을 거슬러 단둘이 미술관 안쪽으로 들어갔다.

"이거 맞지? 네가 보고 싶은 그림."

이스카가 걸음을 멈췄다. 뒤를 돌아보는 소년의 바로 앞에, 자신이 어릴 때 작은 그림첩에서 몇 번이나 봤던 그림이 걸려 있었다.

그림첩에서 본 것보다 몇 배나 더 큰 진품이.

"……아……."

말로 표현할 수 없는 감정이 목구멍 안쪽에서 흘러나왔다. 그것은 어떤 생각에서 비롯된 것이 아니라 고양된 감정의 충동 그 자체였다.

"……이거, 보고 싶었어."

앨리스는 자신의 키만큼이나 거대한 캔버스를 향해 한 발, 또 한 발 다가갔다.

눈 덮인 겨울 도시. 그곳에 밤의 장막이 서서히 드리워지는 정경을 묘사한 그림.

결코 아름답고 화려한 색깔은 아니었다. 회색을 바탕으로 한 살풍경한 색채. 그러나 밤을 맞이하는 민가의 창문에서는 따뜻한 빛이 넘쳐흘렀다.

──차갑지만 따뜻했다.

어린 시절에 이 정경을 보고 묘한 매력을 느꼈었다. 증오스런 적들로 가득 찬 도시일 텐데. 그 증오조차 가라앉혀주는 신비한 힘이 저절로 느껴졌다.

"이스카."

"응?"

"당신이 이 화가를 좋아하는 이유는 뭐야?"

"──이거 봐."

자기 옆에서 거의 비슷한 눈높이로 정면의 캔버스를 쳐다보는 이스카.

그는 캔버스의 가운데 부근을 손가락으로 가리켰다.

"물감이 조금 두껍게 발렸잖아."

"응, 그게 뭐 어때서?"

"이건 나의 상상이긴 한데, 아마 나이프로 물감을 바르려다가 순간적으로 마음이 바뀐 게 아닐까? 머릿속에 그려낸 정경을 캔버스에 그대로 옮기려고 하다가 문득 좀 더 좋은 방법을 떠올린 거야. 그래서 손을 멈추고 생각에 잠긴 거지."

"……흠."

"게다가 이쪽도 그래. 여긴 전혀 다른 색채로 물감을 겹쳐 발라 났잖아. 그림을 그리는 도중에 머릿속의 정경이 바뀐 게 아닐까. 좀 더 강한 색깔로, 좀 더 정열적으로."

출구로 향하는 사람들의 발소리가 울려 퍼지는 가운데.

앨리스는 옆에 서 있는 그의 목소리에만 귀를 기울였다.

"앨리스, 너도 다 아는 사실일지도 모르지만, 이 비블랑이라는 화가는 항상 도시나 도로나 부둣가 같은 풍경화만 그렸어. 그 풍경에는 인물은 하나도 등장하지 않아. 그림의 제재는 무기질이고, 색채도 어두운 편이지만——."

"굉장히 정열적이라고?"

"응. 고요하지만 내면에 뜨거운 감정을 간직한 사람 같아. 그림만 봐도 그 성품이 잘 전해지거든. 아마도 나는 그걸 좋아하는 걸 거야."

"그래, 이해해. 나도————."

말을 하다 말고.

네뷸리스 황청의 공주는 문득 깨달았다.

자신이 그림이 아니라, 바로 옆에 있는 그의 옆얼굴을 넋 놓고
바라보고 있었다는 것을.

황청의 화가는 앨리스에게 그림의 기초를 알려주긴 했지만, 앨
리스의 마음을 이해해주지 않았다.

어차피 제국의 화가니까. 내가 더 뛰어난 화가니까——늘 그런
식이었다.

이 화가를 좋아하는 자신에게 이렇게까지 성실하게 그림 이야
기를 해주는 사람은 처음 봤다.

"앨리스, 왜 그래?"

"……아니, 아무것도 아니야."

앨리스는 그저 조용히 그렇게 대답했다.

냉정한 척하지 않으면——.

뭔가가, 자기 마음속의 뭔가가 달라져버릴 것만 같았다.

═════════

해 질 녘.

폐관 시간까지 머무른 마지막 손님인 앨리스는 이스카와 함께
미술관 밖으로 나왔다.

미술관 뒤편에 있는 광장. 아까 자신이 길을 잃어버렸을 때 앉았던 벤치 앞에서, 앨리스는 물방울이 맺힌 유리병을 휙 던졌다.

"……이거 받아. 안내해준 데 대한 답례야. 줄곧 이야기를 해서 목마르지 않아?"

"아니, 답례까진 필요 없는데."

과일 주스가 든 병을 공중에서 낚아챈 이스카.

앨리스는 자기가 마시려고 산 주스 병을 보란 듯이 들어 올렸다.

"빚은 지고 싶지 않거든. 특히 당신에게는."

"그렇게 대단한 일은 하지 않았는데. 나도 돈은 있……… 어?"

이스카가 자기 주머니를 뒤지다가 딱딱하게 굳어버렸다.

"왜 그래?"

"……돈. 깜빡했나 봐."

"돈을 깜빡했다고?"

"어, 그게…… 미술관 티켓을 깜빡하면 안 된다는 생각으로 머릿속이 꽉 차서……."

"그럼 제국에서 여기까진 어떻게 온 건데?"

"순환버스 회수권으로 버스 타고."

"그래서 돈은 쓸 일이 없으니까 깜빡하고 그냥 왔다는 거야?"

응 하고 대답하고 민망한 듯이 어깨를 움츠리는 소년. 손에 든 주스 병과 앨리스의 얼굴을 번갈아 보면서 허둥지둥 입을 열었다.

"아, 하지만 이 주스 값은……."

"바보."

조그맣게 쓴웃음이 흘러나왔다.

앨리스가 적국의 병사를 향해 아주 조금이나마 자연스러운 미소를 보여준 것은 이번이 처음이었다.

"내가 너한테 주고 싶다고 했잖아. 신경 쓸 필요 없어."

저녁 햇빛을 받아 빛나는 분수. 둘이서 하나의 벤치에 붙어 앉으려니 왠지 좀 부끄러워서, 그들은 분수 가장자리에 약간 거리를 두고 나란히 걸터앉았다.

"……그러고 보니."

앨리스는 텅 빈 유리병을 든 채 옆에 있는 소년을 바라봤다.

"너, 몇 살이야?"

"지금은 열여섯 살. 올해 열일곱 살이 될 거야."

"……뭐? 그럼 내가 한 살 연상이구나?"

비슷한 나이가 아닐까.

그런 예감이 들긴 했는데, 신기하게도 연하일 거라는 생각은 못 했었다.

"그래, 넌 나보다 연하였구나. 내가 연상이니까 마음껏 존경해도 돼."

"길 잃고 헤매는 연상이 그런 말씀을 하셔도……."

"헤, 헤맨 거 아냐! 그냥 중립도시 관광을 했을 뿐이야!"

시답잖은 잡담.

비블랑 이외에도 좋아하는 화가가 있는지 물어보고. 이전처럼 파스타 이야기도 좀 하고. 그러는 사이에 자연스럽게 대화가 끊어져서————.

깜빡 잠들었다.

자신이 잠시 잠들었다는 사실을 앨리스가 깨달았을 때에는 저녁 해가 지평선 아래로 떨어지기 직전이었다.

"앗, 내, 내가 무슨 짓을……?!"

최근에 쭉 원인 불명의 불면증에 시달리긴 했지만, 아무리 그래도 적국의 검사 앞에서 잠들다니. 이건 너무 어리석은 행위였다.

반사적으로 옆을 보았다. 그랬더니.

"……이스카?"

분수대 가장자리에 앉아 흔들, 흔들 가볍게 흔들리는 소년의 몸. 그는 눈을 감은 채 쌔근쌔근 숨소리를 내고 있었다.

"자니?"

자는 척하는 걸까.

앨리스가 확인하려고 가까이 간 순간.

"…………."

쌔근쌔근 소리를 내는 소년이 이쪽으로 몸을 기울였다.

자신의 품에 머리를 맡기다시피 하면서.

"꺄악?!"

저절로 몸이 굳어졌다.

"자, 잠깐, 뭐 하는 거야?!"

"…………."

"……나 참, 이 상황에서 태평하게 잠이나 자는 거야? 진짜 어린애잖아…… 나도 아주 잠깐 졸기는 했지만."

너무나 무방비하게 잠들어 있는 소년.

어쩌면 그도 자신과 마찬가지로 내내 잠을 못 잔 걸지도 모른다. 편안히 잠든 숨소리를 듣다 보니 어쩐지 그런 생각이 들었다.

"우리는 적이잖아? 아무리 중립도시여도 그렇지, 이렇게 무방비하게 굴어도 되는 거야? 내가…… 내가…… 지금 마음만 먹으면, 너를 일격에 쓰러뜨릴 수 있는데……."

상대는 대답하지 않았다.

빈틈투성이. 앨리스는 하늘을 우러러보며 깊은 한숨을 내쉬었다.

"바보. 이런 데서 자면 감기 걸려."

자신에게 기댄 이스카를 신중하게 잘 안아서 옆으로 눕혔다.

소년이 푹 잠든 것을 확인한 뒤.

"저기요, 실례합니다."

앨리스는 눈앞의 도로를 지나가는 택시를 불러 세웠다.

"이 사람을 제국까지 태워 보내주세요. 제도 입구까지."

"뭐?"

그러자 차창 너머의 운전사는 노골적으로 낯을 찌푸렸다.

"이봐, 아가씨. 그건 좀 곤란해. 이 시간에? 제국령까지 가려면 아무리 빨리 달려도 여섯 시간은 걸린다고. 제도에 도착하면 아마 한밤중이나 새벽일걸? 그 정도면 돈이 얼마나 많이 드는지 알아? 장거리 추가 요금과 근무시간 외 할증 요금도 장난 아니게 붙

는다고. 알아?"

"돈은 선불로 드릴게요."

"뭐? 선불이라니, 얼마나 나올 줄 알고——."

"자, 여기요."

상대가 말을 마치기도 전에.

앨리스는 가방에서 꺼낸 지폐 다발 하나를 통째로 운전사에게 던져줬다.

세계 공통 화폐. 이 정도면 택시 요금은 물론이고, 아예 택시 한 대를 새로 뽑고도 남을 만한 돈이었다.

"거스름돈은 필요 없어요."

"……감사합니다."

"이 사람을 정중하게 잘 데려다주세요."

"네, 물론이죠!"

전속력으로 분수까지 뛰어가 이스카를 업어 와서 좌석에 눕히는 운전사. 운전석에 앉자마자 맹렬한 스피드로 도시 출구를 향해 택시를 몰아갔다.

"착각하지 마. 이건 미술관까지 안내해준 데 대한 답례니까. 단지 그뿐이야."

그 모습이 사라질 때까지 지켜보고 나서 앨리스도 광장을 뒤로 하고 걸음을 뗐다.

돌아가자.

……그런데. 어째서일까?

……오늘 이때까지는 그토록 급격히 졸음이 밀려온 적은 없었는데.

네우르카 수해에서 이스카와 싸운 그날 이후로 지금까지.

이스카의 얼굴이 뇌리에 박혀서 한숨도 못 잤는데.

린은 그 전투의 긴장이 아직 풀리지 않아서 그런 거라고 말했다. 하지만 그게 사실이라면, 자신이 그 장본인인 이스카 옆에서 꾸벅꾸벅 졸 리가 없잖은가.

"아아, 정말 이게 뭐야!"

머릿속을 뒤덮은 뿌연 안개는 사라지기는커녕 더욱 진해진 것 같았다. 앨리스는 답답한 나머지 길바닥의 돌멩이를 힘껏 걷어 찼다.

Chapter.4
『사명과 심정 사이에서』

the War ends the world /
raises the world

1

제도 제3지구.

"으으으으음……."

기지 2층, 소대용 작전실.

완전 밀폐형 방음 구조로 된 방의 중앙 테이블. 그곳에 산더미처럼 쌓여 있는 자료들 앞에서, 조그만 푸른 머리 여대장은 신음소리를 냈다.

이스카는 그 옆에 앉아 주스 병을 내밀었다.

"미스미스 대장님. 자, 대장님이 좋아하시는 탄산 주스 사 왔어요."

"와, 진저에일이다!"

표정이 확 밝아지는 미스미스.

먹잇감을 덮치는 육식동물처럼 민첩하게 물방울 맺힌 주스 병을 양손으로 꽉 움켜쥐었다.

"네네, 진. 우리 좀 쉬자."

"신기하네."

"어? 뭐가?"

"캔이 아니라 병에 든 주스를 사오다니."

진이 맞은편에 앉아서 팔짱을 끼고 의심스러운 눈빛으로 이스카를 쳐다봤다.

"캔 주스는 다 팔렸어?"

"아니, 별로 신경 쓰지 않았는데. 그냥 별생각 없이…… 사 온 거야."

진에게 지적을 받기 전까지는 스스로도 눈치채지 못했다.

물방울 맺힌 주스 병. 그것은──.

"이거 받아. 안내해준 데 대한 답례야. 줄곧 이야기를 해서 목마르지 않아?"

"……아, 그래. 병에 든 주스를 받아서 그런가?"

"받았다고? 누구한테?"

"아, 아냐, 아냐! 그게 아니라. 그냥 내가 사서 점원한테 받았다는 뜻이야. 어, 그러니까, 중립도시에 다녀왔잖아."

진이 눈살을 찌푸리며 추궁하자, 이스카는 크게 당황하여 고개를 흔들었다. 빙화의 마녀한테 받았다는 이야기는 도저히 할 수 없었다. 해봤자 혼란만 불러일으킬 테고.

……그러고 보니 내가 어떻게 여기까지 돌아왔지?

……어느새 택시에 태워져서 정신 차려 보니 제도에 도착한 상태였다.

운전사가 차비는 이미 선불로 받았다고 했다.

그 말을 들은 직후에는 상황을 이해하지 못했다. 스스로 비몽사몽간에 택시를 잡아탔다 해도, 지갑도 안 가져왔으니 차비는 지불할 수 없었을 것이다.

그렇다면 그 차비를 선불로 준 사람은…….

"아아, 더는 못하겠어!"

미스미스가 덜컹 소리를 내면서 벌떡 일어났다.

"기억해야 할 것이 너무 많잖아! 이게 뭐야? 리샤가 지휘한다는 특무의 내용은 다음 주에나 공개될 테고, 그것을 위한 훈련은 다음 달부터 시작된다고 했잖아? 그런데 사전에 읽어둬야 할 자료가 이렇게나 많다니……."

테이블 위에 약 1미터 높이로 산더미같이 쌓여 있는 자료들.

심지어 그게 전부가 아니었다. 산 넘어 산, 똑같은 크기의 자료들이 줄줄이 산맥처럼 자리 잡고 있었다.

"으흑. 작전이 실행되기 전까지 이것들을 전부 머릿속에 집어넣지 않으면 살아 돌아오지 못할 수도 있다니, 정말 너무해."

"전부 머릿속에 집어넣어도 살아 돌아오지 못할지도 모른다고 했을 텐데요~?"

"네네야, 그런 말은 굳이 안 해도 돼!"

다시 자리에 앉는 미스미스.

그러나 이번에는 똑바로 앉지 않고 책상 위에 힘없이 엎어져버렸다.

"앉아서 공부하느라 지쳤을 때쯤에는 연습장에서 근력 트레이닝을 하고. 트레이닝 하느라 몸이 피곤해졌을 때쯤에는 자료 보면서 공부를 하고. 공부하느라 지쳤을 때에는 또 트레이닝⋯⋯ 도대체 어떤 임무인지 가르쳐주지도 않으니, 뭘 해도 항상 불안하다니까. 안 그래?"

"일단 만만한 임무가 아니란 것은 충분히 예상할 수 있잖아?"

진이 그렇게 말했다. 그는 엄청난 속도로 자료들을 읽어대고 있었다.

"그러고 보니 이스카――."

『안녕~ 미스미스. 지금 어디 있니?』

진의 말을 가로막으면서 안내 방송이 흘러나왔다. 리샤의 목소리였다. 리샤의 작전실이 있는 중앙 기지에서 발신된 건가?

『어때, 괜찮아? 기억해야 할 자료가 너무 많아서 징징거리고 있지는 않니? 그래서 진진이 어이없어하지 않아?』

"찔끔⋯⋯!"

『덤으로 이스캇치에게 주스 사 오라고 심부름 시키진 않았니? 그러면 안 돼. 상사가 부하에게 임무 이외의 뭔가를 명령하는 것은 규율 위반이야. 아아, 그런데 진저에일이 혹시 남아 있으면 나도 한 병 먹고 싶다.』

"너, 지금 다 보고 있는 거지?! 어서 나와!"

감시 카메라가 있을 리 없는 방 안을 휙휙 둘러보는 대장.

『뭐, 그건 그렇고. 이스캇치, 네가 가봐야 할 곳이 있는데.』

"리샤 씨가 있는 곳이요?"

『아니~. 제국 의회.』

사도성 서열 제5위는 대놓고 쓴웃음을 지었다.

『이제는 잊어버렸나 본데, 이스캇치는 바로 얼마 전까지 감옥에 갇혀 있었잖아. 그런데 누구 덕분에 석방된 건지 잊었어?』

"……아뇨, 기억합니다."

팔대사도. 제국 의회의 정점에 위치한 최고 권력자들. 천제 대신 제도의 실권을 완벽하게 장악한 인물들이었다.

『네우르카 수해에 갔을 때의 사건 보고서. 그분들도 다 읽으셨대. 그래서 소집하는 거야.』

"……설마 볼일은 다 끝났다는 거야? 이스카 오빠를 또다시 투옥하려고?!"

『아, 네네땅, 진정해. 나도 좀 전에 소집 이야기만 들었을 뿐이야.』

불안한 듯이 이쪽을 쳐다보는 네네.

그런데 안내 방송을 통해 들려오는 리샤의 목소리는 하품이라도 하는 것처럼 느긋했다.

『일단 가봐. 오후 네 시. 늘 모이던 장소에서 집합한대.』

"또 수상쩍은 이야기라도 하려나 보군."

진이 의자 등받이에 몸을 기대면서 중얼거렸다.

"팔대사도가 기쁜 소식을 준비할 리 없지. 뭐, 스승님이 누구보다도 가장 수상하다고 여겼던 놈들이니까. 무슨 엉뚱한 생각을 해도 이상하진 않을 거야."

"……음, 그래."

흑강의 검투사 크로스웰——제국 최강의 검사였던 그 남자가 가장 싫어한 상대는 네뷸리스 황청도 아니고 성령술사도 아니었다.

팔대사도는 함부로 믿지 마라.

천제 직속 호위로 활동한 스승님조차도 그렇게 말씀하실 정도로 대단한 놈들이었다. 제국의 최고 권력자들은.

"아무튼 갔다 올게요."

"이스카 군! 무, 무슨 일 있으면 나도 대장으로서 뛰어갈게, 알았지?!"

더없이 진지하게 말하는 미스미스. 내 자식을 보살피는 어머니 같은 표정이었다. 이스카는 대장을 향해 고개를 끄덕이고 방에서 나왔다.

━━━━━━━

제국 의회.

별명 「보이지 않는 의사(意思)」.

그 어떤 지도에도 의사당 위치가 표시되어 있지 않아서 그런 별명이 붙은 것이다.

그 장소는 상사가 부하에게 구두로 알려주며, 결코 기록으로 남기지 않는다. 이스카도 사도성으로 승격될 때 처음으로 그 장소를 알게 되었다.

"제도의 지하 5,000미터에 위치한 곳이라니……."

온도는 150도.

땅속의 미생물이 간신히 생존할 수 있을락 말락 한 별의 깊숙한 안쪽. 이 「보이지 않는 의사」로 가려면 반드시 중앙 기지에 마련된 거대한 승강기를 이용해야 한다.

……네뷸리스 황청의 눈을 피하기 위한 장치.

……참 용의주도하다.

네뷸리스 성령 부대가 제국 전체를 불태워도 자기들은 아무 문제도 없다. 그렇게 상대를 비웃는 팔대사도들의 웃음소리가 들리는 듯한 장소였다.

『기다리게 해서 미안하군.』

이스카가 쳐다보는 정면. 벽에 설치된 모니터가 빛나더니 여덟 명의 남녀가 화면에 어렴풋이 떠올랐다.

팔대사도.

제국을 좌지우지하는 여덟 명. 그러나 그들의 모습은 모니터에 윤곽으로만 표시됐다.

『흑강의 후계자 이스카. 제출한 보고서를 확인했다.』

『빙화의 마녀와 싸워서 상대를 물리쳤단 말이지. 역시 자네는 훌륭해.』

즐거워하는 말투.

팔대사도는 기분이 좋아 보였다. 이스카는 속으로 안도의 한숨을 쉬었다.

　물론 윗사람에게 불려 와서 긴장하기도 했지만. 어쨌든 이 여덟 명은 무슨 생각을 하는지 알 수 없는 기분 나쁜 존재였다.

　"그런데 동력로는 지키지 못했습니다."

　『자네에게 맡긴 사명은 빙화의 마녀를 막아내는 것이지, 동력로를 지키는 것이 아니야.』

　『이 제국에는 빙화의 마녀에 대항할 만한 전력이 있다. 그 점을 확인한 것만 해도 충분한 성과야. 사도성으로 다시 승격될 가능성도 있다고 봐야겠지.』

　사도성──팔대사도가 입에 올린 단어를 듣고, 이스카는 반사적으로 고개를 들었다.

　너무나 빠르다.

　제국은 철저한 실력지상주의다. 탁월한 능력을 가진 일반 병사가 대장보다 더 위로 승진하는 경우도 있……지만, 그 점을 고려한다 해도 자기처럼 국가 반역죄로 투옥된 인간이 이토록 빨리 사도성이 될 수 있는 걸까?

　『평화를 원하는 자네의 마음은 우리도 이해하네. 사도성이 되면 천제 각하를 알현할 수도 있을 테지. 단, 승진하려면 당연히 다른 사도성 후보자들의 불만을 잠재워야 해. 특히 자네는 이 제국 전체에 잘 알려진 전과자니까.』

　낮은 웃음소리가 모니터를 통해 전해져왔다.

중년 남성, 나이 든 노인, 젊은 여성의 목소리도 들리는 듯했다.

『그래서 우리는 자네가 사도성이 되기 위한 조건을 제시할 생각이네. 그것은 바로──.』

『**빙화의 마녀를 구속하는 것.**』

"! 내가, 앨리──."

반사적으로 앨리스의 이름을 말하려다가 간신히 입을 다물었다.

왜 앨리스의 이름을 숨겼는지는 스스로도 모르겠다. 반쯤 무의식적으로 그런 생각을 했다. 앨리스리제 루 네뷸리스 9세라는 이름을 팔대사도에게 보고하고 싶지 않다고.

자신과 앨리스가 적이라는 사실은 잘 알고 있었다.

하지만 내가 정말로 할 수 있을까?

……내 손으로 앨리스를.

……군사령부에 넘겨준다니…… 그것은…….

"너, 몇 살이야?"

"……뭐? 그럼 내가 한 살 연상이구나?"

장난스러운 미소.

적인 그녀가 일순 보여준 허물없는 모습. 그 기억이 얄궂을 정도로 선명하게 머릿속에서 되살아났다.

『기한은 없다. 그러나 서두르도록. 자네가 지키고 싶어 하는 존재가 제국에 있다면.』

"서두르라니요? 그게 무슨 뜻입니까?"

불온한 미래를 예견하는 듯한 팔대사도의 말투.

이스카 본인에 대한 협박이라기엔 지나치게 규모가 큰 것 같았다.

『이런 전설을 들어본 적 없나? '대마녀 네뷸리스가 살아 있다'는 소문.』

"그거라면 어린 시절에 종종 들어봤습니다만."

제국에 사는 자라면 누구나 들어본 적 있는 괴담이었다. 단, 그것은 진지한 고찰에 의한 결론이 아니라 마치 "1년 후에 세계가 멸망한대~"라는 단순한 종말사상과도 비슷했다.

"그런데 그게 무슨……."

『흠, 역시 모르나 보군.』

유쾌한 듯한 웃음소리.

『그 전설을 제국에 퍼뜨린 사람은 다름 아닌 자네의 스승이다.』

"스승님이요?!"

『우리는 진실을 원한다.』

『그 남자, 「흑강의 검투사」가 끝까지 우리에게 숨긴 것. 후계자인 자네가 그것을 모를 리 없다고 생각했는데. 흠, 그래, 예상이 빗나갔군. ……그럼 이만 됐다.』

『이 이야기는 잊어버리도록.』

그들은 이스카라는 일반 병사에 대한 흥미를 잃어버렸다.

팔대사도의 말투는 눈에 띄게 차갑고 건조한 것으로 변했다.

『자네는 빙화의 마녀만 추격하면 된다. 그것만 하면 자네는 사도성으로 승진할 수 있어. 물론 이전처럼 마녀를 탈옥시키면 절대로 안 되지만. 알겠나?』

『자네에게 기대를 걸고 있어.』

『자, 이만 가보게. 다음 작전도 곧 리샤 인 엠파이어를 통해 알려줄 테니까. 자네는 지시대로 움직이기만 하면 돼.』

"…………."

말없이 고개를 숙였다.

이스카는 아무 말도 못 하고 팔대사도 앞을 떠났다.

════════

비몽사몽.

밤이 깊어질 때까지——.

기묘한 몽상에 사로잡힌 것처럼 시야도 사고도 몽롱한 상태로 지냈다.

미스미스 대장님, 진, 네네가 기다리는 기지로 돌아와서 또다시 넷이서 묵묵히 작전 자료를 읽는 동안에도 자료의 내용이 전혀 머릿속에 들어오지 않았다.

기지 회의실에서 기숙사로 어떻게 돌아왔는지도 모르겠다.

문득 정신을 차려 보니 이스카는 자기 방에서 불도 안 켜고 쭈

그려 앉아 밤늦게까지 생각에 잠겨 있었다.

"당신이 이 화가를 좋아하는 이유는 뭐야?"

앨리스는 적이다.

제국에 반기를 든 대마녀 네뷸리스의 자손인 순혈종. 네뷸리스 여왕의 딸. 제국을 위협하는 빙화의 마녀.

이보다 더 명확한 적이 있을까?

그리고 이보다 더 완벽한 목표물이 있을까?

앨리스를 붙잡기만 하면 양국의 힘의 균형은 순식간에 무너질 것이다. 앨리스를 방패로 삼으면 황청도 평화 협상에 응할 수밖에 없을 것이다.

그런 의미에서는 팔대사도의 계획은 더할 나위 없이 합리적이었다.

그러나.

"……그게 아닐지도 몰라."

이스카는 별빛이 비치는 창문을 쳐다보면서 조그맣게 중얼거렸다.

"평화 협상이나 인질 같은 게 없어도 사이좋게 지낼 수 있지 않을까?"

마녀를 구속하지 않으면 평화 협상도 할 수 없다.

지금까지 자신은 그렇게 생각했었다. 그래서 계속해서 네뷸리스 성령 부대와 싸웠고, 순혈종 마녀를 구속하기 위해 전장을 누비고 다녔다.

　……그런데 그게 아니었다.

　……평화 협상 따윈 하지 않아도 앨리스는 웃고 있었다.

　이스카와 앨리스.

　사이가 좋다고는 할 수 없어도, 분명히 자기들은 중립도시에서 평화롭게 지냈었다. 실은 제국과 네뷸리스 황청도 그렇게 될 수 있지 않을까?

　평화 협상 따윈 없어도 서로 대립하지 않는 길을 발견할 수 있지 않을까?

　"＿＿＿＿."

　한쪽 무릎을 펴고 한쪽 무릎을 세웠다.

　이스카는 한 손으로 무릎을 끌어안은 채, 나머지 한 손으로 통신기를 집어 들었다. 깜빡깜빡 빛나는 통신기. 상대가 자신의 통화 요청에 응할 때까지 끈기 있게 기다렸다.

　『흐, 흐아암…… 이, 이스카 군…… 밤중에…… 으음…… 무슨 일이야?』

　"죄송합니다. 대장님. 이렇게 늦은 시각에 연락해서."

　미스미스의 졸린 목소리가 들렸다.

　상대가 정신 차릴 때까지 잠시 기다렸다.

　『음, 오케이. 이스카 군. 나 깼으니까 말해봐.』

　"갑자기 이런 말 해서 죄송한데요. 내일 훈련은 빠지고 싶습니다."

『뭐? 어, 어째서?!』

통신기 너머에서 여대장이 깜짝 놀라 새된 소리를 냈다.

『이스카 군이 훈련을 빠지고 싶다고?! 몸 상태라도 안 좋니? 아니면 내 지도에 불만이 있는 거야? ……미, 미안해, 이스카 군. 내가 못난 대장이라서………….』

"아뇨, 아니에요."

『헉?! 설마 오늘 밤 나 혼자 몰래 고기를 먹어서 그러는 거야? 미안해, 이스카 군. 그렇게 고기를 먹고 싶어 하는 줄은 몰랐어.』

"그게 아니라니까요!"

으흠. 헛기침을 했다.

이스카는 통신기를 쥔 손이 저절로 굳어지는 것을 느끼면서도 애써 목소리를 쥐어짜냈다.

"볼일이 있어서. 중립도시에 가고 싶어요."

『중립도시? 어? 하지만 바로 얼마 전에 리샤가 준 티켓으로 그림을 보고 오지 않았어? 그 전에도 내가 준 오페라 티켓으로.』

"뭘 보러 가는 게 아니에요. 단지 만나서 이야기하고 싶은 사람이 있어서요."

『그래서?』

"음, 그게 굉장히 골치 아픈 이야기니까. 오래 걸릴지도 몰라요. ……어쩌면 싸우고 금방 헤어질지도 모르지만요."

훗 하고 쓴웃음을 지으려고 했다.

그러나 입술 사이로는 자조적인 메마른 목소리만 흘러나왔다.

"아침 일찍 출발할 생각인데, 제도에서 꽤 멀리 떨어진 곳이니까 왕복하려면 열 시간은 걸리잖아요. 언제 돌아올 수 있을지 몰라서."

『그래서 훈련을 빠지고 싶다고?』

"네."

내일은 넷이서 훈련할 계획이었다. 내가 빠지면 내일 일정은 다시 정해야 할 것이다. 미스미스 대장님은 물론이고 진과 네네에게도 폐를 끼치는 셈이다.

『중요한 일이야?』

"……네. 허락해주세요."

통화기 너머에서 침묵하는 여대장.

약 수십 초 후에야 커다란 한숨 소리가 통신기를 통해 들려왔다.

『하는 수 없지. 이스카 군이 그렇게까지 말한다면, 허락해줘야지.』

"고맙습니다."

『다만 조건이 하나 있어. 내일은 나도 같이 갈 거야.』

"네?!"

어째서 대장님이 동행한다는 걸까? 이스카는 무슨 의도인지 물어볼까 말까 망설이면서 잠시 침묵했다. 그때 대장이 먼저 입을 열었다.

『거울 좀 봐.』

"거울?"

『이스카 군, 지금 표정이 완전히 굳어져 있지?』

"……윽."

그 한마디에.

이스카는 반쯤 무의식적으로 눈을 크게 떴다.

『아, 역시, 그럴 줄 알았어. 지금 깜짝 놀랐지? 다 들켰어.』

쿡쿡거리며 웃는 미스미스.

『처음부터 목소리가 무척 딱딱했는걸. 게다가 이런 밤중에 나한테 연락하다니. 어지간히 절박한 상황인가 봐?』

"……반박할 말이 없네요."

이마를 짚고 한숨을 푹 내쉬었다.

대장님은 평소에는 빈말로라도 머리 회전이 빠르다고는 할 수 없고, 기억력도 결코 좋지 않았다. 하지만 이렇게 부하의 심정 변화만은 무섭도록 예민하게 눈치채는 것이었다.

"항복할게요. 역시 대장님은 대단하세요."

『헤헤헷~. 이 정도야 기본이지. 그런데 난 진심이야. 이스카 군을 혼자 보낼 수는 없어. 말투만 봐도 이건 평범한 상황이 아닌걸. 이 상황에서 부하를 혼자 놔두는 것은 대장으로서 찬성할 수 없는 일이야. 알았지?』

"……알았어요."

고개를 끄덕거렸다.

어차피 언젠가는 보고해야 할 일이었다. 앨리스와 대화할 때 자신의 입장을 확실히 보여주기 위해서라도 상사인 미스미스와 함께 가는 게 좋을 것이다.

"미스미스 대장님, 그럼 저와 동행해주세요."

『옳지, 좋아! 저기, 무슨 옷 입고 가야 해? 사복이라면 지금 당장 골라야지!』

"그냥 전투복 입고 가셔도 돼요."

우리는 제국의 전투원.

내일은 그 입장을 자각하고 행동해야 한다.

"내일 아침 여섯 시에 차고 앞에서 봬요."

통화를 끝냈다.

스스로도 놀랄 만큼 정신이 맑았다. 이스카는 창문 너머로 제도의 밤하늘을 바라봤다.

2

"앨리스 님."

환한 빛으로 가득 찬 복도.

왕궁 목욕탕에서 자기 방으로 돌아가던 앨리스는 그 소리를 듣고 고개를 돌렸다.

"린, 어디 갔었어? 같이 욕탕에 들어가려고 했는데."

"⋯⋯⋯⋯."

"린?"

입을 꾹 다물고 침묵하는 여시종.

호박색 눈동자가 이쪽을 가만히 응시했다. 그 눈빛에 담긴 감정은 분노나 불안 같은 명확한 감정이 아니라 뭔가 다른 것――진심 어린 우려였다.

"드릴 말씀이 있습니다."

"응, 뭔데?"

앨리스가 대답하자 여시종이 목소리를 낮추어 말했다.

"그 제국 검사에 관한 조사가 대충 끝났습니다."

"이스카 말이야?"

내내 신경 쓰였던 그의 정체.

……중립도시에서 두 번이나 마주치긴 했지만.

……본인에게 직접 물어볼 수는 없었다.

제국의 최강 전력인 사도성과도 맞먹는 실력.

그런데 계급은 대장보다도 더 낮은 하급 병사였다. 또 전장이 아닌 곳에서는 검사로서의 용맹함은 싹 사라져서, 더없이 온화하고 무방비한 보통 소년처럼 보이기도 했다.

"좋아. 말해봐."

"네. 그런데 복도에서 말씀드리긴 좀 어렵네요."

"응, 당연히 내 방에서 이야기해야지. 자, 가자."

왕궁 복도는 누가 언제 지나갈지 모르니까.

특히 앨리스와 린은 중립도시 에인에서 이스카와 만났다는 사실을 여왕에게도 보고하지 않고 비밀로 했었다. 그걸 누구한테 들키기라도 했다간 난처해질 것이다.

"그나저나 시간이 꽤 오래 걸렸네?"

앨리스의 방인 『시온의 보석함』.

주인인 앨리스는 방문을 잘 닫고서 입을 열었다.

"너에게 부탁했으니까. 사도성의 정보라면 또 몰라도, 하급 병사의 정체를 조사하는 것쯤은 우리 밀정의 능력으로는 며칠 만에 해낼 수 있을 거라고 생각했는데."

그사이에 설마 본인과 두 번이나 마주칠 줄은 몰랐다.

좋아하는 음식은 파스타. 취미는 오페라와 회화 감상.

밀정조차도 쉽게 알아낼 수 없는 정보를 이렇게 자연스럽게 알게 되다니.

……덤으로 잠자는 얼굴이 은근히 귀엽고.

……아니, 내가 무슨 생각을 하는 거지?! 지금은 진지하게 대응해야 할 때잖아!

"조사 내용을 보고해줘."

앨리스는 내적 갈등을 물리치고 린을 향해 고갯짓을 했다.

"……그의 정체는 뭐야?"

"사도성."

단 한마디. 여시종은 그렇게 보고했다.

"그것도 사상 최연소로 사도성이 된 인물이라고 합니다. 역대 제국 검사들 중에서도 손꼽히는 실력자임이 틀림없습니다."

"사도성?! 아니, 잠깐만 린, 이상하잖아."

제국의 사도성은 다 합해서 열한 명.

그들은 하나하나가 네뷸리스 성령 부대를 괴멸시킬 수 있는 위험인물이므로, 이미 수십 년 전부터 황청은 사도성에 관한 정보 수집에 힘써왔다.

앨리스 본인도 열한 명의 사도성에 관한 정보는 잘 기억하고 있었다.

"나는 이스카가 사도성이라는 것을 전혀 몰랐……."

"성령 부대와 교전한 기록이 한 번도 없기 때문입니다. 그는 사도성으로 승진한 후 한 번도 전장에 나서지 않고 투옥되었습니다. 승진도 취소됐고요."

"투옥되다니?"

미간을 찌푸렸다.

사도성으로 승진할 정도로 뛰어난 실력자가 어쩌다 투옥된 걸까?

"어쩌다가? 그 경위는?"

"……저로선 뭐라고 말씀드릴 수 없군요."

린은 웬일로 자신 없는 표정을 지으면서 뭔가를 내밀었다. 빛바랜 제국 정보지였다.

〃사상 최연소「사도성」〃

〃마녀의 탈옥을 도운 국가 반역죄로 인해 체포. 종신금고형 선고.〃

……종신 투옥의 형벌.

……아니, 잠깐만. 마녀의 탈옥을 돕다니, 이게 무슨 소리야?

그 정보지는 지금으로부터 약 1년 전에 발행된 것이었다.

"제국령 내에서 사로잡힌 마녀, 즉 성령술사를 감옥에서 탈출시켜주는 바람에 사도성 승격이 취소된 겁니다. 혹시 몰라 다른 정보원을 통해서도 알아봤는데, 정보지의 내용은 정확한 것 같습니다."

"사도성이 됐지만 즉시 퇴위 당했다. 그래서 나도 몰랐다, 이거야?"

"앨리스 님뿐만이 아닙니다. 파견된 밀정도 깜짝 놀라더군요."

다만——여기까지 말했을 때, 린은 좌우로 늘어뜨린 머리카락을 만지작거렸다. 린의 버릇이었다. 생각에 잠기면 무의식중에 머리카락을 만지는 것이다.

"앨리스 님도 아시다시피 그는 현재 석방된 상태입니다."

"응, 나도 알아."

"석방된 시기는 11일 전. 앨리스 님이 네우르카 수해에서 그 검사와 싸우기 전날이었습니다."

이스카는 빙화의 마녀와 싸우기 위해 석방되었다. 실제로 그는 엄청나게 강하니까. 단독으로 순혈종 마녀와 싸우게 한 제국의 결정도 납득이 갔다.

"그런데 생각하면 생각할수록 이해가 안 가네."

손에 든 정보지 지면을 내려다봤다.

"중립도시에서는 뭐 그렇다 치고, 그 숲에서 만났을 때 이스카는 진심으로 나와 싸우려고 했었어. 그때 린한테도 물어봤었잖아? 『네가 빙화의 마녀냐?』라고."

"네. 별로 기억하고 싶지 않은 실수입니다만……."

린은 어물어물 대답했다. 공격하려다가 오히려 반격 당했던 기억이 떠올랐나 보다.

"어쨌든 앨리스 님 말씀이 맞습니다. 그 이스카라는 검사에게서는 네뷸리스 황청과 싸우고자 하는 의지가 확실히 느껴졌습니다. 아니, 실은 빙화의 마녀——앨리스 님과 싸우는 것이 목적인 것처럼 보이기도 했어요."

"그렇다면 왜 1년 전에 우리의 동포를 해방시켜준 걸까?"

아무리 봐도 모순된 행동이었다.

그는 마녀를 탈옥시키기도 했고, 또 한편으로는 자신과 린을 붙잡으려고 하기도 했다.

……제국 입장에서는 다 똑같은 마녀인데도?

……그가 탈옥시킨 마녀와 우리가 뭐가 다르다는 걸까?

"마녀 탈옥 사건이라는 것 자체가 우리를 속이기 위한 함정일 가능성도 있습니다."

"린, 이스카가 1년 전에 탈옥시킨 성령술사가 누구인지 조사해봐."

"이미 조사에 착수했습니다. 이번에도 며칠 정도 걸릴 것 같습니다."

"일처리가 빨라서 좋네. 역시 대단해."

앨리스는 만족스럽게 고개를 끄덕이고 자신의 침대 한구석에 걸터앉았다.

——오늘은 여기까지 하고. 이제 그만 자자.

린과 10년째 주종관계를 맺어오면서 자연스럽게 생겨난 일종의 암호였다.

그 외에도 다양한 암묵적 동의가 존재했다. 앨리스가 찬장에 진열된 찻잔을 보면 '티타임'을 가지자는 뜻이고, 린이 자신의 앞치마를 가볍게 들어 올리면 '다른 볼일이 있으니 이만 퇴실하겠습니다'라는 뜻이다.

린이 방에서 나갔다.

복도를 걸어가는 발소리가 충분히 멀어진 것을 확인한 뒤, 앨리스는 베개 쪽으로 손을 뻗었다.

"설마 들킨 건 아니겠지……?"

손수건. 중립도시 에인에서 그에게 빌린 물건.

린에게는 이미 태워버렸다고 말했다. 린은 적국의 물건이니까 자기가 처분할 거라고 했지만, 앨리스는 그렇게 대답하고선 그것을 몰래 베개 밑에 숨겨놓았다.

"……마음만 먹으면 언제든지 처분할 수 있으니까."

앨리스 본인도 그게 변명 같다는 것은 알았다. 하지만 아직은 안 돼. 아직 자신은 이스카의 진의가 무엇인지 듣지 못했으니까.

″미술에는 국경이 없다. 앨리스 네가 그렇게 말했잖아.″

　……모르겠다.

　눈물을 닦으라고 손수건을 빌려준 것도.

　미술관을 안내해주면서 그토록 열심히 그림에 관해 설명했던 것도.

　그것조차도 린 말마따나 「적을 속이기 위한」 함정이었던 걸까. 중립도시에서 보여준 순진무구한 일면도 거짓된 연기였던 걸까.

　이 손수건은 그것을 확인하고 나서 처분해도 될 것이다.

　"적국의 병사에게 상당히 신경 쓰고 있는 모양이군요."

　"어마마마?!"

　노크도 없이 열린 문.

　이미 밤늦은 시각인데도 낮에 입는 드레스를 걸치고 나타난 어머니. 어쩌면 공무를 마치고 이제야 겨우 방으로 돌아오신 걸지도 모른다.

　"어, 어마마마, 어쩐 일로 여기까지 오셨어요?"

　앨리스는 이스카의 손수건을 황급히 등 뒤로 숨겼다.

　"린에게 명령해서 적병을 조사하게 했다면서요. 그런데 그건 이미 내가 첩보관에게 명령한 것입니다. 앨리스, 당신이 굳이 신경 쓸 필요 없습니다."

　"…………."

　"혹시 당신이 신경 써야 할 이유라도 있는 건가요?"

"아뇨, 제가 주제넘은 짓을 했습니다."

어머니의 말씀을 들어 보니, 중립도시에서 이스카와 만났다는 사실을 들키지는 않은 듯했다. 앨리스는 속으로 몰래 안도의 한숨을 쉬었다.

"단순한 적정(敵情) 시찰의 일환으로……."

"당신이 나름대로 우리를 배려해서 그랬다는 것은 이해합니다. 하지만 너무 많은 것에 관여하면 당신 언니나 동생에게 경계당할 것입니다."

앨리스의 언니인 장녀 일리티아, 여동생인 삼녀 시스벨.

둘 다 순혈종답게 일류 성령술사이며, 황청에서도 정치 요직을 차지한 재녀로 알려져 있었다.

그리고 차기 왕위를 두고 경쟁하는 상대…….

언니와 동생은 왕궁 전체를 철저하게 감시하고 있으므로, 차녀인 앨리스는 오로지 자기 방에서 린과 단둘이 있을 때에만 겨우 안심하고 지낼 수 있었다.

"그리고 한마디 더 하자면. 또 제국 화가의 그림을 모으고 있는 것 같군요."

방의 벽 근처에 놓인 책장.

맨 윗줄에 꽂힌 그림첩들을 기막히다는 듯이 쳐다보는 어머니. 네뷸리스 황청에서는 유통되지 않는 물건이라 앨리스가 애써서 조금씩 수집해놓은 것이었다.

"제국은 우리의 적입니다."

앨리스는 어머니의 그 말씀을 벌써 몇 번이나 들었는지 모른다.

"우리를 마녀, 마인이라고 부르면서 기피하고 박해해온 자들의 소굴입니다. 과거에 제국이 우리에게 했던 짓은 잔인한 마녀사냥 그 자체였습니다. 얼마나 많은 성령술사들이 희생되었는지 몰라요. 제국을 쳐부숴서 굴복시키는 것이 성령술사의 비원입니다."

"…………."

"제국의 예술가도 다 마찬가지예요. 제국의 화가가 그린 숱한 『마녀사냥』, 『마녀재판』 그림은 당신도 잘 알 텐데요. 그들도 제국의 앞잡이입니다. 이런 그림첩을 모은다는 것은 언어도단입니다."

"……네, 알겠습니다. 어마마마."

"내가 할 말은 그것뿐입니다. 밤늦은 시간에 찾아와서 미안합니다."

떠나가는 어머니.

또다시 혼자가 되었다. 앨리스는 한동안 그 자리에 멍하니 서 있었다.

……정말로 어머니 말씀이 옳은 걸까?

……제국령에 있는 국민 모두가 용서받지 못할 존재인 걸까?

"너, 정체가 뭐야?"

"겨우 혼자서 제국의 거점까지 쳐들어와서 방어진을 뚫고 동력로를 파괴하다니…… 보통 성령술사가 할 수 있는 짓이 아닌데."

이스카는 달랐다.

네우르카 수해에서 만났을 때, 그는 마녀라는 멸칭이 아니라 「성령술사」라는 호칭을 일부러 사용하는 것 같았다.

그런데 어머니는 제국 사람들 모두가 우리를 마녀, 마인이라고 부르는 야만스런 놈들이라고 단언한다.

과연 누가 차별을 하고 있는 걸까…….

등 뒤에 숨겼던 손수건을 다시 무릎 위에 올려놨다. 그리고 그것을 구멍 날 정도로 뚫어져라 바라보다가.

"좋아, 결심했어!"

앨리스는 숨을 크게 내쉬고 방 밖으로 뛰쳐나갔다. 고요한 밤의 복도를 성큼성큼 걸어서 옆방으로 향했다.

"린! 린, 아직 안 자?!"

벌컥 방문을 열었다.

"출발 준비를 해줘."

"네?! 가, 갑자기 무슨 말씀이세요?!"

잠옷을 입은 린이 나이트캡을 손에 쥔 채 이쪽을 돌아봤다. 좌우 갈래머리를 풀어서 길게 늘어뜨린 모습. 평소의 린보다 조금 더 어른스러워 보였다.

"내일 아침 일찍 왕궁을 떠날 거야. 중립도시에 갈 테니까 준비해줘."

"네, 또요?!"

린은 비명에 가까운 소리를 냈다.

"아니, 그러다 그 이스카라는 검사와 만나기라도 하면……!"

"만나려고 가는 거야."

"……네?"

"내가 직접 확인해보고 싶어. 그의 속마음을."

앨리스는 아랫입술을 꼭 깨물면서 여시종에게 등을 돌렸다.

"그러니까 분명히 이게 마지막일 거야."

3

아지랑이가 피어오르는 도로.

지평선에 걸려 있던 태양이 하늘 꼭대기 근처까지 올라온 시각.

수분 한 방울조차 남김없이 증발된 구릿빛 대지는 거미줄처럼 쫙쫙 갈라져서 아주 약간의 잡초만 군데군데 나 있는 황야로 변해버렸다.

"중립도시 에인. 나도 자동차로 온 것은 오랜만이야."

황야를 달리는 자동차.

핸들을 쥔 미스미스는 햇빛이 눈부신지 눈을 가늘게 떴다.

"진 군과 네네한테는 내가 잘 말해놨어. 오늘은 둘 다 자율 훈련을 할 거야."

"네, 감사합니다."

"그래. 아무튼 날씨가 참 좋네. 구름 한 점 없이 새파란 하늘이야."

지붕 없는 개방형 차체로 흘러 들어오는 바람.

여대장은 기분 좋게 머리칼을 흩날리면서 액셀을 꽉 밟았다.

"그런데 이스카 군, 오늘 만날 예정이라는 그 사람. 누구인지 슬슬 알려주지 않을래?"

"대장님은 누구일 거라고 생각하세요?"

"제국의 높으신 분. 아마도 리샤 말고 또 다른 사도성이 아닐까. 이스카 군, 저번에 팔대사도에게 불려갔잖아. 혹시 제국 바깥에서 밀담이라도 하려는 거 아니야?"

"전 그렇게 대단한 사람은 아니에요."

지평선 저 멀리 어렴풋이 중립도시 에인이 보이기 시작했다. 이스카는 오페라와 회화의 도시로 이름난 그 도시를 떠올리면서 대장을 향해 쓴웃음을 지었다.

"사도성 중에 아는 사람은 없어요. 금방 강등됐으니까요."

"하긴, 듣자 하니 그 열한 명은 굉장히 경쟁심이 강하다고 하더라. ……어~? 뭐야, 그럼 점점 더 예상하기 힘들어지는데? 오늘 네가 만나기로 한 사람이 누구인지."

"만나기로 한 것은 아니에요."

"뭐라고?"

"그냥 막연하게 『올 것 같은 느낌』이 들어서요. 지금까지 숙명이나 운명 따위는 믿지 않았지만…… 하지만…… 아마도 다시 만날 수 있을 것 같아요."

"그래서 결론은?"

"저도 직접 가보기 전까진 모르겠어요."

미스미스가 두통이 난다는 표정을 지었다. 이스카는 어깨를 으쓱했다.

자동차 유리창 너머로 중립도시 에인을 쳐다봤다.

"그런데 대장님, 하늘에서 뭔가 날고 있지 않나요?"

새파란 하늘을 날아가는 검은 그림자.

그것은 이쪽에서 볼 때 북동쪽——태양과 같은 방향에서 중립도시 에인을 향해 다가오고 있었다.

"……새다. 대장님, 엄청 커다란 새가 있어요."

마치 신화 세계에서 튀어나온 듯한 괴조였다.

전신은 거대한 독수리와 비슷하게 생겼는데, 꼬리는 뱀처럼 길게 휘날리고 있었다. 흰색과 파란색이 마블링같이 섞인 깃털로 뒤덮인 새였다.

마치 창공을 가로질러 흘러가는 흰 구름 같았다.

그 자연 풍경을 그대로 축소한 듯한 새였다.

크기도 굉장히 컸다. 지상에 있는 자동차에서도 이토록 뚜렷이 보일 정도니까, 눈앞에 내려오면 인간보다 훨씬 더 클 것이다.

"오~ 신기하네. 앨버트로스잖아! 살아 있는 화석의 일종이야."

미스미스가 운전석에서 가볍게 환성을 질렀다.

"새들의 조상. 제국령에서는 거의 찾아볼 수 없어. 연습 훈련을 할 때 총을 많이 쓰잖아? 그 총소리를 싫어해서 다들 멀리 도망쳐버렸대."

"제국 밖으로?"

"응. 그런데 앨버트로스는 머리가 좋으니까 잘 길들이면 파수견 역할을 하기도 하고, 또 적절하게 훈련시키면 인간을 태우고 날기도 한대. 그래서 제국에서 멀리 떨어진 지역에서는 지금도 앨버트로스를 길들인다고 들었어. 이를테면."

거대한 새의 비행을 구경하는 미스미스.

"네뷸리스 황청에서도 몇 마리 키우고 있대. 그런 보고서를 본 적 있어."

"……네뷸리스?"

눈 깜빡일 새도 없이 급하게 앨버트로스를 쳐다봤다. 저것은 북동쪽에서 날아왔다. 그곳은 미스미스 말대로 네뷸리스 황청의 영토가 있는 방향이었다.

그리고. 이건 나의 착각일까?

날갯짓하는 새의 등에 뭔가가 타고 있는 것처럼 보였다.

"……설마."

"이스카 군?"

"대장님, 이대로 입구 근처까지 가요. 거기서 세워주세요."

성벽 상공을 날아 도시로 내려가는 앨버트로스. 그 모습을 뒤쫓아서 그들이 탄 자동차도 에인 성벽 근처에 도착했다.

"저기, 이스카 군. 이제 어쩔 거야? 만나고 싶다는 사람은 어떻게 만날 건데?"

"아마 상대도 지금 막 도착한 것 같아요."

하늘을 우러러봤다.

눈부신 태양빛에 빨려 들어가듯이 위로 올라가는 앨버트로스의 모습이 보였다.

주인을 중립도시까지 데려다준다는 임무를 완수하고 다시 네뷸리스 황청의 둥지로 돌아가는 모양이다.

"이쪽입니다."

"으, 응?"

이스카는 대장님에게 눈짓한 뒤 중립도시 에인의 거리를 걷기 시작했다.

예술이 꽃피는 거리.

오페라를 보러 왔을 때와 마찬가지로 이 더운 날씨에도 곳곳에서 길거리 음악가가 음악을 연주했고, 화가가 캔버스를 세워놓았고, 관광객이 그 모습을 즐겁게 구경하고 있었다.

시간의 흐름에서 벗어난 평화로운 한때.

제국과 네뷸리스 황청이 치열한 전쟁을 벌이는 동안에도 사실 인간은 이렇게 싸움과는 무관하게 살아갈 수 있었다. 그렇게 주장하는 듯한 광경이었다.

"_____."

광장 앞에서 이스카는 걸음을 멈췄다.

"우리는 정말 마음이 잘 맞는구나. 도대체 어떤 별의 가호를 받아 태어난 걸까?"

양산을 쓴 아름다운 소녀.

평범한 외출용 사복 차림은 아니었다. 지금 그녀는 처음 만났을 때처럼 화려한 드레스를 입고 있었다.

"좀 전에 그 앨버트로스 말인데."

"우리가 기르는 새야. 어릴 때에는 손바닥 위에 올라올 정도로 작은데 4년만 지나도 저렇게 커진다니까. 제국의 자동차보다 훨씬 빨리 날 수 있어."

"앨리스 님, 말씀은 그렇게 하셔도 실은 좀 전까지 무척 초조해하셨잖아요. 『린, 빨리, 빨리 가자. 이건 시합이야! 무조건 저 자동차보다 먼저 도착해야 해, 서둘러!』하면서."

"린."

"……제가 실언을 했습니다."

뒤로 물러나는 린.

앨리스는 린을 흘끗 보더니 우아하게 양산을 접었다.

"아, 맞다. 저번에 그 택시──."

"뭐? 무슨 말인지 모르겠는데?"

훗 하고 한순간 즐거운 미소를 짓는 네뷸리스 황청의 공주님.

그런데 그녀는 곧바로 입을 꾹 다물고 눈을 살짝 가늘게 떴다. 앨리스가 바라보는 상대는 이스카가 아니라, 그 옆에 서 있는 조그만 푸른 머리 여대장이었다.

"그런데 그 소녀는 누구야?"

"상사인 미스미스 대장님."

"……그래? 너한테도 그런 사정이 있었구나."

앨리스는 양산을 린에게 건네주면서 중얼거렸다.

"저기이, 이스카 군? 이 예쁜 소녀는 누구야?"

"그건——."

"괜찮아, 자기소개는 내가 직접 할게."

앨리스는 이스카의 말을 가로막더니 가슴에 손을 대고 말했다. 통행인들에게는 들리지 않을 만큼 낮은 목소리로.

"만나서 반갑습니다. 제국의 대장. 나는 앨리스——앨리스리제 루 네뷸리스 9세입니다."

"앨리스 씨? 어, 그런데…… 네, 네뷸리스?"

"제국 분들은 『빙화의 마녀』라는 이름을 더 잘 알고 계실지도 모르겠네요."

"~~~~?!"

움찔. 미스미스의 온몸이 경련을 일으켰다.

"저, 저어? 농담이죠……? 이스카 군?"

"진담이에요."

"이, 이이이이이게 무슨 일이야?!"

"할 말이 있어."

앨리스는 오직 이스카만 똑바로 보면서 그렇게 말했다.

"밖으로 나가자. 따라와."

"알았어. 대장님, 가시죠."

"……뭐가 어떻게 된 거야?"

이스카는 망연자실한 여대장을 데리고 눈앞의 두 사람을 쫓아 갔다.

227

앨리스는 똑바로 정면만 바라봤다. 그 옆에 있는 린은 부지런히 뒤를 돌아보면서 이쪽을 살펴봤다.

"도망치지 않을 거야. 그리고 우리 둘 말고는 아무도 없으니까 안심해."

"시, 시끄러워! 나는 앨리스 님의 시종이니까, 적인 너희들을 감시하는 게 당연하다고. 아, 그리고 함부로 말 걸지 마!"

황급히 고개를 홱 돌리는 린. 반사적으로 스커트에 손을 댄 것을 보면, 그 안에다 호신용 암기를 잔뜩 숨겨서 가져온 것 같았다.

"신기하네."

앞장서서 걸어가던 앨리스가 문득 눈짓으로 거리의 오른쪽 가장자리를 가리켰다.

캔버스 앞에 있는 길거리 화가. 그리고 그 화가에게 자화상을 부탁한 어느 화목한 가족의 모습이 눈에 띄었다.

"이렇게 행복한 도시가 존재하는데, 어째서 우리는 서로 증오하는 걸까?"

이스카도, 미스미스도 아닌.

앨리스 본인에게 던지는 질문이었을지도 모른다.

도시의 성벽 밖으로 한 걸음 빠져나갔다.

눈앞에는 작열하는 태양 아래 타오르는 구릉지가 끝없이 펼쳐져 있었다.

"덥네."

"앨리스 님, 양산을 쓰시죠."

"──아냐, 괜찮아."

빙화의 마녀가 가볍게 손가락을 튕겼다.

"적당히 얼리면 되니까."

앨리스의 발밑에 있는 지면에서 냉기가 뿜어져 나왔다.

맨발로 밟으면 화상 입을 정도로 뜨거웠던 모래가 눈 깜짝할 사이에 냉각되더니, 그들이 걸어가는 방향으로 수백 미터나 얼어붙어버렸다.

그야말로 얼음 융단이었다.

"이, 이게 뭐야…… 제국의 최신 병기로도 이 정도 냉기는 만들어내지 못할 텐데."

얼어붙은 지면을 조심조심 걸어가는 미스미스.

"저, 정말로 빙화의 마녀였구나……."

"그걸 증명하려는 의도도 있었을 거예요."

자신이 누구인지 적국의 대장에게 정확히 알려준다. 그러기 위한 수단으로서, 이보다 더 설득력 넘치는 연출은 없을 것이다.

"여기까지 오면 충분할까? 여기선 아무도 우리 이야기를 듣지 못할 거야. 다행히 우리 둘 다 미행당하진 않은 것 같고."

멈춰 서는 네뷸리스의 공주.

얼음 융단을 밟으면서 걸은 지 10분 후. 중립도시의 윤곽이 희미하게 보일 정도로 멀리 떨어진 구릉에 도착했을 때, 앨리스가 이쪽을 돌아봤다.

"너도 알지? 1년 전 국가 반역죄로 체포된 제국 병사. 제국에 붙잡혔던 성령술사를 탈옥시킨 좀 이상한 사도성."

"…………."

"조사를 해봤어. 너도 내 정체를 알고 있으니까, 그래야 공평하잖아?"

언덕 위에서 이쪽을 내려다보는 앨리스.

"뭐, 그건 그래."

"게다가 너처럼 강한 검사가 평범한 하급 병사일 리 없잖아. 거기 있는 대장이 너보다 강하다면 또 몰라도."

"네에? 아, 아뇨, 그건 절대로 아닌데요?!"

빙화의 마녀가 미스미스를 쏘아보자, 미스미스는 당황하여 펄쩍 뛰었다.

"그보다도…… 무, 무슨 볼일이신가요?! 당신 같은 초특급 거물이 이스카 군을 만나려고 하다니, 도저히 이해가 안 가는데요!"

"실은 물어보고 싶은 게 있어."

린에게 눈짓하는 앨리스.

신호를 받은 시종이 꺼내든 것은 빛바랜 정보지였다. 낯익은 물건이었다. 이스카도 감옥 안에서 그 기사를 몇 번이나 봤으니까.

"우선 이것 말인데. 사실이야?"

"사실이야."

"성령술사를 놔준 것도, 그래서 네가 1년이나 감옥에 들어간 것도 사실이야?"

무언의 긍정.

"어째서?"

"……아직 어린 여자아이였어. 열두 살? 열세 살? 정도인데 약한 성령만 가지고 있었지. 그런데 제국은 개의치 않고 성령술사를 무조건 붙잡고 싶어 했거든. 그게 싫었어."

"너의 언동은 모순됐어."

빙화의 마녀라고 불리는 소녀의 말투에 가시가 돋쳤다.

"너는 네우르카 수해에서 나를 기다렸다가 붙잡으려고 공격했잖아. 나를 상대할 때에는 성령술사를 잡으려고 했으면서, 1년 전에는 불쌍하다는 이유로 성령술사를 놔줬다고? 믿을 수 없잖아."

"…………."

"침묵하는 건가. 왜 그래, 제국 병사?"

여시종이 날카롭게 추궁했다.

"앨리스 님이 정곡을 찔러서 할 말이 없는 건가? 나한테도 『네가 빙화의 마녀냐?』라고 물어봤었잖아. 똑똑히 기억해. 1년 전 마녀 탈옥 사건도 어차피 사악한 계략——."

"모순된 것이 아니야."

상대가 말을 끊었다.

그 말에 담긴 강한 감정을 피부로 느낀 걸까. 방해받은 린은 얌전히 입을 다물었다.

"1년 전에도 지금도 내 목적은 여전히 똑같아."

"그게 정보지의 기사와 무슨 상관이 있는데?"

"평화 협상."

단 한마디. 앨리스 앞에서 이스카는 그 단어를 입에 올렸다.

처음이었다.

네뷸리스의 성령술사 앞에서 자신의 신념을 밝힌 것은.

"전쟁을 끝내고 싶어. 그런데 내가 무슨 말을 해봤자 천제가 들어줄 리 없고, 네뷸리스 황청의 여왕이 들어줄 리도 없잖아."

"그야 당연하지."

차갑게 긍정하는 앨리스.

"평화 협상을 원한다는 거야? 그건 불가능해. 우리가 서로를 얼마나 미워하는지 알기나 해? 어느 한쪽이 항복하기 전까지 이 전쟁은 끝나지 않아."

"맞아. 그래서 내가 생각한 방법이 네뷸리스의 직계 후손을 붙잡는 것이었어. 제국에서는 순혈종이라고 불리는 강력한 성령술사를."

"왕족을?"

"네뷸리스 왕가도 자신의 가족이 위험에 빠지면 크게 동요할 거라고 생각했어. 또 황청의 국민도 불안해할 테고. 그러니까 어쩔 수 없이 평화 협상에 응할 테지."

"……너 혼자서 억지로 평화 협상을 추진할 생각이었다고?"

앨리스는 미간을 찌푸리고 팔짱을 꼈다.

이어서 윤기 나는 입술에 손가락을 대더니——.

"나를 붙잡아 인질로 삼으면 여왕도 평화 협상에 응하지 않을 수 없다. 그런데 1년 전 네가 놓아준 아이는 힘없는 성령술사였으므로, 네가 원하는 평화 협상에는 도움이 되지 않았다. 그러니까 놓아줘도 된다고 생각했다. 그랬단 말이지."

침묵하는 앨리스.

"······그래, 모순된 것은 아니네. 오히려 일관적이야."

소녀의 입술에는 허탈한 미소 비슷한 감정이 떠올랐다.

"거짓말은 아닌 것 같네. 정말로 네가 할 것 같은 발상이야·········· 하지만 그건 안 돼. 그래 봤자 아무것도 변하지 않아."

"어째서?"

"설령 나를 포로로 삼아도 어마마마는 동요하지 않을 거야. 그러니까 협상의 여지는 없어. 평화 협상은 너무나 공상적인 이야기야. 너는 황청에 와본 적이 없지? 제국을 미워하는 사람들이 우리나라에 얼마나 많은지 넌 모를 거야."

100년이나 이어져온 전쟁은 아주 뿌리 깊은 것이었다.

설령 순혈종 마녀라 해도, 인질 하나만 가지고 평화 협상이 성립될 리 없었다. 황청의 백성이 그것을 허락하지 않을 테니까.

"······하지만."

앨리스가 팔짱을 풀었다.

"나는 너 같은 사람이 제국에 있다는 사실도 몰랐어. 야만적이고 위압적인 제국군 중에서 『전쟁을 끝내기 위해』 싸우려고 하는 사람이 있을 줄이야. 그리고······ 너의 성격은 중립도시에서 충분히 잘 알았어."

빙화의 마녀가 손가락으로 이쪽을 가리켰다.

언덕 위에서 앨리스리제 루 네뷸리스 9세는 소리 높여 선언했다.

"그러니까. 넌 나의 부하가 되어라."

"네에엣?!"

린이 비명을 질렀다.

"저기요, 앨리스 님?! 무무무, 무슨 말씀을 하시는 거예요?! 그게 아니잖아요, 어젯밤에 회의할 때에는 그런 이야기는 전혀 안 하셨잖아요!"

"응, 방금 생각해낸 거야."

"정말 갑작스럽네요! 세상에, 제국 병사를 부하로 삼다니, 여왕님은 물론이고 일리티아 님도 시스벨 님도 절대 허락하지 않을 거예요!"

"그런 문제는 나중에 생각해도 돼."

가만히 있어──손을 수평으로 들어 올려 린을 물러나게 한 뒤.

"너의 신분은 내가 보장해줄게. 너는 제국에서 온 망명자가 되는 거야."

물 흐르듯이 이야기하는 공주님.

"황청은 성령술사를 차별하지 않는 인간이라면 누구나 다 받아들이니까. 제국의 내부 사정을 잘 알고, 사도성이 됐을 정도로 강하고, 전쟁 없는 세계를 만들고자 하는 사람이라면 분명히 환영할 거야."

똑바로 바라보는 시선. 명령하는 듯한 말투였지만, 거기서 참으로 진지한 열의와 기대감이 느껴졌다. 그러나.

"이, 이스카 군……?"

머뭇머뭇 등을 건드리는 손가락.

살짝 고개를 옆으로 돌렸더니, 불안한지 어깨를 움츠린 채 반쯤 울상이 된 표정으로 이쪽을 쳐다보는 자그만 여대장의 모습이 보였다.

"저, 저기…… 저…….”

"걱정 마세요."

상대의 말을 부드럽게 가로막은 뒤.

"그럴 수는 없어."

이스카는 얼음 언덕 위에 서 있는 공주님에게 대답했다.

"대우가 어떻든 간에, 나는 네뷸리스의 아군이 될 생각은 없어."

"……어째서?"

금발 소녀의 눈썹이 파르르 떨렸다.

분노가 아닌 불안의 발로.

아아, 역시 너는 그렇게 대답하는구나――그런 내적 불안감이 담긴 말투로 질문했다.

"이유를 가르쳐줘."

"이유는 두 가지야. 첫째, 제국에는 내 가족과 동료가 있으니까. 같은 부대 멤버들은 물론이고, 신세지고 있는 상관도 있어. 황청에 네 가족이 있는 것과 마찬가지로."

"또 다른 이유는?"

"황청 측에서 제국에 평화 협상을 요구하는 것은 불가능하니까. 만약 서로 입장을 바꿔서 앨리스, 네가 팔대사도 중 하나를 포로로 삼아 평화 협상을 요구하더라도 제국 측은 완전히 무시할 거야. 오히려 그들은 제국 내부의 경쟁자가 줄어들었다고 생각할 테지. 왕가라는 혈연으로 이어진 너희들과는 달리, 그들은 생판 남이니까."

어느 한쪽 나라를 파멸시키는 것 이외의 방법으로 100년에 걸친 전쟁을 끝내려면, 억지로라도 평화 협정을 맺게 할 수밖에 없다.

그러기 위해서는 네뷸리스 황청이 협상에 응하는 방법밖에 없었다.

"그래. 그게 바로 내가 잘 아는 제국이야. 누구든지 쓸모가 없어지면 가차 없이 내버리는 거지. 인간을 인간이라고 생각하지 않는 녀석들……."

앨리스가 아랫입술을 꼭 깨물었다.

손에 쥔 정보지에 조금씩 서리가 내렸다. 얼음이 종이 표면을 덮기 시작했다.

"그런데 그게 무엇을 의미하는지 알아?"

"……알아."

물러나서——왼손으로 미스미스를 가로막고 오른손을 등 뒤로 돌렸다.

딱딱한 감촉이 느껴졌다.

그 성검의 칼자루를 만지면서 말했다.

"나는 앨리스와 같은 길을 걸어갈 수 없어."

"⋯⋯⋯⋯그래. 그럼 역시 나와 너는 적이구나!"

정보지가 박살났다.

수많은 얼음조각으로 변해 사라져가는 옛 기억의 편린들.

그것은 두 사람이 단절을 결심한 순간이었다.

"나를 사로잡을 수 있으면 잡아봐."

움직이려고 하는 린을 제지하는 앨리스.

네우르카 수해에서 썼던 헤드 드레스를 다시 써서 얼굴을 가리고.

"만에 하나 나를 사로잡는 데 성공하고, 또 억에 하나 어마마마
가 제국과의 협상에 응하신다면, 너의 소망도 이루어질지도 몰라."

"너야말로 마음껏 나를 쓰러뜨려봐. 너의 목표인 세계통일을
위해서."

"⋯⋯⋯⋯."

"⋯⋯⋯⋯."

얼굴과 감정을 둘 다 헤드 드레스로 숨긴 마녀.

양손에 성검을 쥔 제국의 하급 병사.

각자의 등 뒤에서 린과 미스미스가 숨죽이고 지켜보는 가운데.

""간다, 이 고집불통아!""

소년과 소녀가 노호했다.

그 소리는 두 사람의 고뇌를 담고 황야로 퍼져 나갔다.

피할 수 없는 미래. 이미 알고 있었던 그 운명의 소용돌이 속

에서, 분노인지 한탄인지 모를 폭발적인 감정의 절규가 울려 퍼졌다.

그리고 그 순간.

앨리스의 성령, 이스카의 성검이 공명하는 것처럼 동시에 부르르 떨렸다.

——별을 흔드는 분노.

"앗?!"

막 뛰쳐나가려다가 순간적으로 멈췄다.

칼끝에서 전해지는 냉기가 마치 전류같이 이스카의 온몸을 꿰뚫었다.

……뭐지?

……방금 그…… 지독하게 심한 오한은?!

과거에 경험해본 적 없는 오한이었다. 어떤 전장에서도, 죽음과 가까워진 그 어떤 순간에도 느껴보지 못한 살기. 그것이 대기 전체를 메우는 것이 피부로 느껴졌다.

"린, 방금 그건 뭐야?"

"……모르겠습니다. 그런데 저의 성령도 겁먹은 모양입니다. 제어할 수 없어요!"

"잠깐만, 무슨 소리가 들리는 것 같아."

방금 쓴 헤드 드레스를 벗는 앨리스. 황청 최강의 성령술사 중

하나인 그녀가 낮은 목소리로 조용히 말했다.

"상공에서 뭔가가……──────린, 피해!"

"미스미스 대장님, 피하세요!"

빠직.

창공에 금이 갔다. 새까만 실 같은 선이 생겨나나 싶더니, 하늘이 쩍 갈라지고 거기서부터 세찬 돌풍이 휘몰아쳤다.

"꺄……!"

돌풍에 못 이겨 쓰러지는 대장.

이 와중에 이스카는 상공에서 뭔가가 나타나는 순간을 분명히 목격했다.

『……성검. 별의, 배신의 칼날……….』

진주색 머리카락을 휘날리는 소녀.

크게 물결치는 얼룩무늬 외투 사이로 보이는 여윈 몸은 햇볕에 탄 갈색이었다. 매우 어려 보이는 소녀. 외모만 보면 기껏해야 열둘이나 열세 살 같았다.

하지만 그렇기 때문에.

"시조님?"

앨리스가 중얼거린 한마디를 듣고 이스카는 귀를 의심했다.

"지하에 잠들어 계셔야 할 시조님이 어째서 여기에…… 아니, 애초에, 왜 눈을 뜨신 거지……?"

네뷸리스 직계 후손인 앨리스가 「시조님」이라고 공손히 부르는 존재. 그렇다면 짐작 가는 인물은 하나밖에 없었다.

『제국…… 이 별을, 성령의 둥지를…… 갉아먹는 자들.』

작고 사랑스러운 입술에서 흘러나오는 감정. 한없이 깊은 원한.

"…………!"

『모두 다 사라져라.』

대마녀가 가냘픈 손을 들었다. 그것을 인식한 순간, 이스카와 앨리스는 각자 자기 파트너를 보호하면서 뒤로 훌쩍 뛰었다.

──보이지 않는 파열.

마치 보이지 않는 신이 손을 휘두른 것처럼 공기가 응축되더니, 그 직후 맹렬한 충격파와 함께 파열됐다.

"뭐, 뭐야?! 이게 무슨 일이야?"

"모르겠어요. 아무튼……."

뭉게뭉게 피어오르는 흙먼지 속에서 이스카는 품에 안은 미스미스를 내려놨다.

식은땀이 등골을 타고 흐르는 것이 느껴졌다.

"대장님은 뒤로 물러나 계세요. 이 녀석은 저도 쓰러뜨릴 자신이 없으니까요."

구름 한 점 없는 푸른 하늘에 떠오른 인간.

대마녀 네뷸리스──.

100년 전, 혼자서 제도를 불바다로 만들어버린 가장 오래된 성령술사가 자신들의 머리 위에 나타났다.

Chapter.5
『시조』

the War ends the world /
raises the world

1

약 한 시간 전.

네뷸리스 왕궁은 역사상 유례없는 진동을 경험했다.

세계의 종말을 연상시키는 지진이 발생하여 대지가 갈라졌고,
왕궁 창문이 연달아 와장창 깨졌다.

"황청의 온갖 성령이 공명하고 있어. 대체 무슨 일이⋯⋯."

밀라베어 루 네뷸리스 8세. 현재의 네뷸리스 여왕은 여전히 계
속되는 진동을 느끼면서 지하로 이어진 비밀 통로를 걸어갔다.

지하 예배당.

천연 종유동 비탈길을 따라 내려갔더니, 화톳불 불빛을 받으면
서 바닥에 꿇어앉아 있는 병사 두 명의 모습이 보였다.

"무슨 일입니까. 이 상황에서 나를 여기까지 부르다니."

"네! 그, 그게⋯⋯!"

고개를 든 두 사람이 등 뒤를 가리켰다.

거대한 검은색 돌기둥. 그곳에 매달린 채 잠들어 있는 시조 네
뷸리스의──.

"시조님의 봉인이 풀린 건가?!"

그녀의 양손과 양발을 기둥에 연결시켰던 쇠사슬 형태의 구속구가 산산조각 나 있었다.

"무슨 일이 일어난 겁니까?"

"저희도 모르겠습니다…… 다만, 갑자기 시조님이 팔을 휘두르셔서——."

"스스로 사슬을 끊으셨다는 겁니까? 그리고 그와 동시에 이 지진이 발생했다, 그래서 나를 여기까지 불렀다, 이건가요?"

허공에 떠 있는 갈색 소녀는 꼼짝도 하지 않았다.

고개를 푹 숙인 상태. 여기서 간신히 보이는 두 눈은 여전히 굳게 감겨 있었다. 그 모습만 보면 지금도 잠들어 있는 것 같았다.

『………….』

갈색 소녀가 천천히 고개를 들었다.

『**성검**…… 강한 성령의 파장…… 싸우고 있나……?』

흘러나오는 언어.

소녀가 마치 혼잣말하듯이 그런 말을 했다. 그 직후 소녀의 몸이 허공에서 빙글 돌았다. 등에 떠오른 성문에서 칠흑의 안개 같은 것이 분출되었다.

"저것은, 성령?! 몸에 깃든 성령이……!"

소녀의 등에 새까만 날개처럼 생긴 성령이 등장했다. 날개가 서서히 펄럭이기 시작했지만 소녀는 여전히 눈을 감고 있었다.

"성령의 자동 방어? 성령이여, 시조님을 지키려고 하는 겁니까?!"

시조의 입에서 흘러나온 「성검」이라는 단어.

그것이 무엇을 의미하는지는 여왕도 몰랐지만, 시조에게 깃든 성령이 방어태세를 취할 정도로 위험한 것이라면 이건 보통 일이 아니었다.

"시조님!"

『━━━━성검…… **돌려받아야겠다…….**』

새까만 날개가 소녀의 몸을 완전히 감쌌다.

곧이어 전설의 성령술사는 허공에 녹아들듯이 사라져버렸다.

"사라졌어?!"

망연자실하는 위병들.

여왕은 그런 그들을 내버려두고 눈앞에 있는 검은 기둥으로 다가갔다. 시조 네뷸리스의 침상이었던 그 돌의 표면을 손가락으로 어루만졌다.

"……이유는 불명. 그래도 시조님이 눈을 뜨시다니, 이건 생각도 못 한 행운이야. 그분의 능력만 있으면."

여왕은 남몰래 차가운 미소를 지었다.

"제국을 타도할 수 있어."

2

분진처럼 한꺼번에 날아오르는 모래.

1미터 앞도 보이지 않는 그 짙은 모래 구름이 바람에 흩어졌을 때 이스카가 목격한 것은 거대한 대지의 상흔이었다.

사발처럼 움푹 들어간 크레이터.

다소 높았던 언덕이 사라지고, 지면에 구멍이 뻥 뚫려 있었다.

제국에서 실험용 로켓(공성 포탄)이 텅 빈 평야에 떨어지는 장면을 본 적이 있는데, 이건 그보다 더하면 더했지 덜하진 않은 파괴력이었다.

그런데 그것과 결정적으로 다른 점은——.

이 파괴의 일격이 눈에 보이지 않는 공격이며, 무엇에 의한 현상인지 알 수가 없다는 점. 그리고 단 한 명의 소녀가 이 공격을 해냈다는 점이었다.

"시조 네뷸리스……."

진주색 머리칼과 갈색 피부를 가진 어린 소녀.

등에는 새까만 날개 비슷한 것이 달려 있어서 저 머나먼 허공을 날고 있었다.

"이, 이스카 군? 저, 저기…… 시조라니, 설마."

"아마 미스미스 대장님의 상상이 맞을 겁니다. 대마녀 네뷸리스는 살아 있었던 거예요. 100년 전, 제국에서 그 사건이 일어난 이후로 지금까지 계속."

미지의 별의 에너지 『성령』.

과거에 제국의 연구자가 땅속 깊숙한 곳에서 그것을 발견함으로써 모든 일이 시작되었다. 미지의 에너지는 일부 인간에게 들러붙어 숙주에게 어마어마한 힘을 나눠줬다. 그것이 성령술사

──제국에서 마녀, 마인이라고 불리는 자들이 생겨난 경위이다.

……그중에서도 가장 강력한 에너지를 얻은 소녀.

……그녀는 당시 제국 사람들이 가장 두려워하는 마녀였을 것이다.

누구보다도 심한 박해를 받아서 누구보다도 제국을 증오하게 된 성령술사.

그게 바로 대마녀라고 불린 소녀였다.

"비겁해요! 이스카 군은 나와 단둘이 왔는데……!"

미스미스가 떨리는 음성으로 소리 높여 비난했다.

눈앞에 있는 성령술사 두 명을 손가락으로 가리키면서.

"시조 네뷸리스라니…… 그렇게 강한 전설의 마녀를 데려온 겁니까? 교섭이 결렬되면 뭐든지 해도 된다는 거예요? 그게 네뷸리스의 행동 방식입니까?!"

"자, 잠깐만!"

앨리스와 눈이 마주쳤다.

반짝이는 금빛 머리카락이 어지러이 흩날리는 가운데 그녀는 필사적으로 대답했다.

"아냐! **난 아무 짓도 안 했어!**"

"……뭐라고?"

"린, 설마 네가 한 짓이야?"

"아, 아닙니다. 저도 저번에 앨리스 님과 함께 지하에 내려갔을 때 마지막으로 시조님을 뵈었을 뿐이에요. 여왕님도 아무 말씀도 안 하셨고요!"

목이 터져라 외치는 여시종.

그때 린의 머리 위에서 시조의 등에 달린 새까만 날개가 펄럭
거렸다.

"별의 기억에 간섭."

"제3계층『의사(意思)』와 접촉. 별의 표층으로 소환."

빠직 소리를 내면서 대마녀의 발아래에서 공간이 갈라졌다.

한없이 푸르른 하늘의 일부였던 그곳이 쩍 갈라지더니, 붉게
흔들리는「무언가」가 고개를 내밀었다.

……저게 뭐지? 좀 전의 네뷸리스와 마찬가지로 허공에서 뭔
가가 출현하고 있었다.

……붉은색. 소환? 설마, 그것은.

위험해. 이스카는 자신의 판단을 믿고 즉시 소리를 질렀다.

"크레이터 속으로 들어가!"

미스미스의 손을 잡고 억지로 끌어당겼다.

"앨리스, 숨어!"

"뭐?"

"화염이 터져 나온다!"

미스미스와 함께 크레이터의 경사면을 따라 미끄러져 내려갔
다. 앨리스와 린도 똑같이 그곳으로 굴러 들어온 순간, 부서진 공

간에서 새빨간 것이 흘러나왔다.

불꽃의 성령. 아니——그것은 이미 성령이란 개념을 초월한 것이었다. 인류가 이해할 수 있는 영역을 뛰어넘은 미지의 에너지가 터져 나오고 있었다.

『파괴해라.』

엄청난 폭음.

불꽃의 성령에 의해 달궈진 공기가 노도와 같은 속도로 부풀어 올라 충격파로 변했고, 화염이 산소와 결합해 맹렬하게 연소됨으로써 연쇄적 폭발을 일으켰다.

크레이터로 피난하는 것 말고는 이 폭염을 피할 방법은 없었을 것이다.

그런데.

"앗, 뜨거워?!"

미스미스가 귀에 손을 대고 비명을 질렀다.

"이스카 군, 큰일 났어. 크레이터 밑바닥까지 열파가————."

"막아라."

앨리스의 명령대로 냉기가 움직였다. 하얀 보석처럼 반짝거리는 서리 벽이 나타나서 열파를 차단하는 커튼이 되었다.

"앨리스 님, 이 녀석들까지 보호해주시는 겁니까?"

"지금 그런 거 따질 때가 아니잖아."

경계하는 눈빛으로 쳐다보는 린.

한편 앨리스는 얼음 벽 너머로 상공을 노려보는 자세로 꼼짝도

하지 않았다. 시조라는 최고의 원군이 등장했는데도, 앨리스의 옆얼굴에서는 곤혹의 감정이 강하게 느껴졌다.

"최초의 공격도, 방금 그 폭염도 다 마찬가지야. 시조님은 우리들까지 공격하고 있어."

"그, 그건…… 단순히 제국 병사들이 눈에 띄어서 그런 게 아닐까요?"

"그런 이유만으로 우리들까지 공격당한다는 게 말이 돼? 방금 그 공격도 이스카가 말해주지 않았더라면 제때 방어하지도 못했을 거야. 안 그래?"

"……그건, 그렇죠."

린은 주먹을 꽉 쥐고 수긍했다.

"우리가 이 제국 검사의 도움을 받은 것은…… 사실입니다. 시조님은 동포인 우리들을 인식하지 못하고 계신 듯합니다."

"잠깐만. 저 시조란 녀석은 너희들의 동료 아니야?"

이스카는 무릎 꿇고 대답하는 여시종의 말을 가로막았다.

대마녀 네뷸리스에게 습격당하는 이 사태는 일단 제쳐두더라도, 그 자신도 미스미스도 황청 측의 사정은 전혀 모르는 상태였다.

"애초에 우리는 저 녀석이 진짜 네뷸리스인지 아닌지도 모른다고."

"이만한 능력을 보고서도 가짜라고 의심하는 건가?"

날카롭게 노려보는 린.

"제국에서는 대마녀라고 불리는 성령술사. 우리나라의 창시자이므로, 우리 네뷸리스 백성들은 저분을 시조님이라고 부른다."

"그런데 그 시조님이 왜 자기 후손인 앨리스까지 공격하는 거야?"

"…………."

흠칫하여 입을 꾹 다무는 흙의 성령술사. 그 대답은 기밀누설이나 마찬가지다. 눈을 내리까는 린의 행동은 그 사실을 웅변적으로 가르쳐주었다.

"성령의 자동 방어일 거야."

"……앨리스 님."

"시조님이 살아 있다는 사실을 알게 된 사람에게, 이제 와서 숨길 필요는 없잖아."

네뷸리스의 공주님은 이쪽을 돌아봤다.

"100년 전, 제국과 싸우느라 지친 시조님은 몸을 치유하기 위해 잠드셨다고 해. 시조님께 깃든 성령의 정체는 아무도 몰라. 우리는『시공 성령』이라고 부르지만, 그것은 한낱 통칭일 뿐이야."

"아무도 모르는 성령……."

"그 시공의 성령이, 잠들어 있는 시조님을 수호하려고 하는 거지."

당연하다는 듯이 이야기하는 앨리스.

성령 중에는 숙주인 인간을 지키려고 하는 성령도 있다.

성령이 강하면 강할수록 그런 경향도 강해진다는 이야기는 이스카도 들은 적이 있는데, 그것은 제국 측에서는 아직 가설에 불과했다.

"네뷸리스는 아직 잠들어 있다는 뜻이야?"

"아마도. 무엇에 반응했는지는 몰라도, 시공 성령의 공격이 저토록 무차별적으로 행해지는 것은 성령을 제어해야 할 시조님이 잠들어 있기 때문일 거야. 그렇게 생각하면 납득이 가. 하지만……."

네뷸리스의 공주님은 말문이 막힌 것 같았다.

그러나 잠시 후, 갈라진 목소리로 딱 한마디 했다.

"분해……."

"분하다고?"

"_____."

계속 상공만 응시하던 소녀가 처음으로 이쪽을 돌아봤다.

붉은 만월. 루비처럼 붉은 두 눈을 크게 뜬 채, 전혀 깜빡이지도 않고 흔들리는 눈동자로 말없이 이스카를 바라봤다.

"나는, **이 일에 관해서만은** 너와 단둘이 결판을 내고 싶었는데."

입술을 깨물고.

뭔가를 꾹 참는 듯한 태도로, 저절로 흘러나오는 슬픈 미소를 보여주면서 말했다.

"중립도시에서 너와 만난 이후로 내 안에서 이상한 망설임이 생겨나고 말았어. ……공주로서는 실격이지. 그래서 오늘은 그것을 깨끗이 없애버릴 생각으로 왔어. 네우르카 수해에서 중단됐던 싸움을 끝까지 해서 결판을 내려고 결심했었어. 그래서 그때와 같은 정장을 입고 온 거야. 우리가 처음 싸웠던 날과 같은 옷을."

네뷸리스의 드레스.

그 치맛자락을 꾸깃꾸깃해질 정도로 꽉 움켜쥐고 말을 이었다.

"……정말로 단단히 작정하고 왔는데. 어마마마께도 보고하지 않았고, 린에게도 참견하지 말라고 말해놨었는데. 누구의 방해도 받지 않고 너와 단둘이 결판을 내고 싶었으니까. 그런데 하필이면 저런 녀석이 뻔뻔하게 난입하다니. 이건 정말 너무해! 민폐야!"

"저, 저런 녀석?! 앨리스 님, 시조님을 그런 식으로——."

"됐어. 아무튼 여기서 가만히 있어봤자 아무 의미 없잖아. 자, 탈출하자."

앨리스가 손가락을 딱 튕겼다.

그러자 얼음 커튼이 펑 터지면서 소용돌이치더니, 아직 황야에서 휘몰아치던 불꽃의 기류와 충돌했다. 냉기와 열기가 맞물려 뒤섞임으로써 열파와 한파가 동시에 사라졌다.

"대장님, 뛰어요!"

크레이터의 경사면을 뛰어 올라갔다.

불티가 무수히 흩어져 있는 허공에서는 좀 전과 마찬가지로 무표정한 대마녀가 기다리고 있었다. 앳된 얼굴은 이쪽을 보고 있는데 두 눈꺼풀은 지금도 굳게 닫힌 상태였다.

……확실히 의식이 없는 것 같았다.

……계속 잠들어 있다는 앨리스의 말이 가장 신빙성 있어 보였다.

제국 병사의 기척을 감지하고 자동 반격 실시.

잠들기 전에 네뷸리스가 지시한 그 명령을, 시공 성령이 100년 후에도 충실히 수행하고 있는 걸지도 모른다.

"시조님, 제국 병사와 저의 싸움에 가세해주신 점에 대해서는 감사드립니다. 하오나 저는 이자와 단둘이 싸워서 결판을 내고 싶습니다!"

앨리스가 목청껏 소리를 질렀다.

"시조님, 부디 왕궁으로 돌아가주십시오!"

『———.』

침묵하는 최고의 성령술사.

의식이 없는데도 고개 숙인 채 둥둥 떠 있는 그 모습은 확실히 앨리스의 말에 귀를 기울이는 것처럼 보이기도 했다.

그러나.

"안 돼! 위험해요, 앨리스 님!"

린이 주군의 손을 붙잡아 뒤로 끌어당겼다.

일류 성령술사인 그녀는 어린 시절부터 앨리스의 호위로서 갈고닦은 위기 감지 능력 덕분에 시조의 움직임을 한발 앞서 눈치챌 수 있었다.

『성령술사가 감히 나를 방해해? 제국의 편을 들 생각이라면…….』

최고의 성령술사에게서 넘쳐흐르는 증오의 불길 앞에서는, 동지인 성령술사의 말조차도 무의미한 것일 뿐이었다.

앨리스는 그 점을 몰랐다.

즉, 복수를 방해하는 자는 모두 다 적이었다.

『이 별에서 사라져라.』

불꽃 대검.

네뷸리스가 머물러 있는 상공보다도 더 높은 창천에서 생겨난 붉은 얼룩. 그 공간의 균열에서 칼끝과도 비슷한 화염이 튀어나와 지표면을 향해 발사되었다.

대기를 가르고 대지를 융해시키는 초고열.

지름이 100미터도 넘는 불꽃 칼날이 날아와——.

"앨리스 님, 위험해요!"

린의 발밑에서 흙으로 된 골렘이 기어 나왔다.

시조라는 존재에게 충성을 바치는 입장이면서도 사실 속으로는 상대를 경계하고 있었으므로, 은밀하게 비상 대책을 마련해둔 것이었다.

"린?!"

골렘이 불꽃 칼날의 사정거리 밖으로 앨리스를 밀쳐냈다. 미스미스를 안은 이스카가 본 것은 거기까지였다.

——땅을 꿰뚫는 불꽃 대검.

검이 꽂힌 대지가 마그마같이 융해되었고, 그 칼날의 연장선상에 있는 대지는 갈라지고 부서져서 엄청난 열파와 불티를 뿜어냈다.

그 불티는 허공을 날아 더욱 광범위하게 불길을 퍼뜨렸다.

"이스카 군! 부, 불이 도시로……?!"

미스미스가 날카롭게 소리쳤다.

중립도시의 하늘이 붉게 물들어 가는 광경. 그것을 본 제국 부대장의 얼굴이 비통함으로 가득 찼다.

"빨리 구하러 가자!"

"대장님, 진정하세요. 뭔가 요란해 보이긴 해도 실제로는 불티만 날리고 있잖아요. 거의 다 땅에 떨어져 사라지니까, 냉정하게 대처하면 화재는 나지 않을 겁니다. ……그보다 지금은 상공에 있는 저 녀석이 문제예요."

시조 네뷸리스라는 최악의 존재를 어떻게 상대하면 좋을까.

제도에 응원을 요청하고 싶어도 여기서는 너무 멀었다. 진이나 네네의 도움조차 받을 수 없었다. 이스카가 그렇게 말하려고 했을 때 눈에 띈 것은──.

"린?! 린, 대답해!"

불에 탄 바닥에 쓰러져버린 여시종.

그리고 그녀를 끌어안고 필사적으로 이름을 부르는 앨리스의 모습이었다.

두 사람 앞에서 골렘이 서서히 무너져 황야의 흙으로 되돌아갔다.

불꽃 대검의 공격 범위 밖으로 앨리스를 도망치게 하는 데에는 성공했지만, 린 본인은 제때 도망치지 못했다. 골렘 뒤에 숨어서 직격탄은 피했어도, 공기를 통해 전달되는 열파는 도저히 막을 수 없었다.

"린, 제발, 눈을 떠……."

"함부로 건드리지 마."

흑의 성검을 쥔 채. 이스카는 시종의 어깨를 흔들려고 하는 앨리스를 제지하면서 두 소녀 앞에 뛰어들었다.

——일섬.

무방비한 앨리스를 향해 날아온 두 번째 화염이 검은 칼날에 잘려 나가 붕괴되더니.

그대로 허공에 녹아들듯이 사라졌다.

"성령은 이런 때 쓰라고 있는 거잖아."

"뭐?"

"린의 몸을 얼음으로 식혀. 화상 응급처치."

"……!"

고개를 번쩍 드는 네뷸리스의 공주님. 그와 동시에 그녀의 손끝에서 피어난 냉기가 린의 육체와 옷 전체를 서서히 감쌌다.

"미스미스 대장님, 이 사람을 병원으로 데려가주세요! 가능하다면 성령 증상 전문의에게 진찰 받게 해주세요!"

이스카는 중립도시 에인을 가리켰다.

불티가 끊임없이 쏟아지는 그 도시를 흘끗 보더니 말을 이었다.

"그리고 도시 시민들에게 대기 요청을 해주세요. 절대로 성벽 밖으로 나오면 안 됩니다. 이 황야는 지금부터 가장 위험한 전장으로 변할 테니까요."

"……뭐라고? 어, 저기…….."

"서둘러주세요!"

"으, 응! 이스카 군도 조심해!"

여대장은 빠르게 결단을 내렸다. 자신의 적인 성령술사를 등에 업고 저 멀리 보이는 도시를 향해 뛰어갔다.

이스카는 그 모습을 지켜보지도 않고 머리 위에 있는 상대를 쳐다봤다.

시조 네뷸리스.

복수의 망념에 사로잡힌 최강의 성령술사.

"네뷸리스."

오른손에는 흑의 성검, 왼손에는 백의 성검.

스승님이 맡겨주신 이 세상에 딱 한 쌍밖에 없는 성검을 쥐고서.

"100년 전에는 너는 모든 성령술사를 인도하는 희망이었을지도 몰라. 하지만 이제는 아니야. 너의 행동을 보고 똑똑히 알았어. 지금 이 시대에━━━."

"이 시대에 당신은 필요 없어!"

얼음 방울을 울리는 듯한 목소리.

맑고 힘차고, 망설임이라곤 하나도 없는 목소리가 황야에 울려 퍼졌다.

"시조는 무슨 시조야? 부끄러운 줄 알아야지. 이 시대는 당신을 원치 않아!"

그렇게 외친 인물은 옆에 서 있는 소녀였다.

"나와 이스카의 싸움을 방해하고 중립도시에 위해를 가하고, 또 같은 성령술사인 린까지 다치게 하다니! ……네뷸리스, 다른 사람들은 아니어도 당신은 진짜 마녀야!"

앨리스리제 루 네뷸리스 9세.

신시대 황청을 책임지는 공주님은 황청의 창시자를 향해 삿대

질했다.

"당신의 힘은 아무것도 낳지 못해. 아무도 행복하게 해주지 못해."

"동감이야. 이미 현재는 네가 아는 그 시대가 아니야."

한 발 앞으로 나섰다.

『제국의 병사. 성령술사. 네놈들이————.』

"조용히 해."

시조의 말을 가로막았다.

여전히 끝나지 않는 꿈에 사로잡혀 있는 마녀를 향해, 소년과 소녀가 입을 모아 한마음으로 합창했다.

"네가 하는 짓은 더없이 허무할 뿐이야. 내가 추구하는 미래는 그런 게 아니야."

"내가 추구하는 세계도 마찬가지야."

두 사람은 서로 이해했다.

우리는 적이다. 언젠가 충돌하는 날이 올 것이다. 하지만 그 결판은 둘이서만 내야 한다. 쓸데없이 개입하는 자는 필요 없다.

"그러니까————."

"너는(당신은) 다시 한 번 100년 동안 잠들어라!"

흑강의 후계자 이스카와 빙화의 마녀 앨리스.

두 사람은 서로 등을 맞대고 동시에 포효했다.

Chapter.6
『흑강의 후계자 이스카와
빙화의 마녀 앨리스』

the War ends the world /
raises the world

1

제도 제3지구.

네네는 하늘 높이 떠오른 태양을 유리창 너머로 바라보면서 축축한 이마에 달라붙은 앞머리를 손가락으로 가볍게 튕겨냈다.

"후유. 더워. 벌써 점심때가 다 됐잖아."

머리카락 끄트머리에 방울방울 맺혀 떨어지는 땀방울.

얇은 운동복 하나만 입은 상태. 뒤쪽에는 지금까지 사용한 근력 강화용 기계 세트가 늘어서 있었다.

"저기, 진 오빠. 이스카 오빠와 미스미스 대장님은 아직도 안 돌아온 거야? 우리만 계속 실내 훈련을 해야 하는 거야? 재미없어."

"자기 몸을 지키기 위한 훈련이다. 재미가 있든 없든 상관없어."

은발 머리 저격수가 철제 벤치에 앉아서 대꾸했다. 그는 네네보다도 먼저 자율 훈련을 끝내고 지금은 애용하는 저격총을 손질하고 있었다.

"그야 그렇지만~ 그게 아니거든? 네네가 하고 싶은 말은 그게 아니라."

"모두들 함께해야 한다고?"

"응! 바로 그거야, 진 오빠. 역시 오빠는 이해력이 좋다니까!"

"오늘 하루 정도는 뭐, 괜찮잖아. 중립도시에 간다고 했으니까 목적지도 알고 있고."

"하지만 목적은?"

어젯밤 갑자기 미스미스 대장이 연락을 했다.

평소에는 「무엇을 하러」 「어디에」 가는지 솔직하게 다 말하는 그 사람이 이번만은 묘하게 뭔가 감추는 듯한 태도를 보였다. 물어봤더니 본인도 잘 모른다고 했다.

"부대에 관한 일이라면 분명히 제도에서 의논할 테니까. 그러지 않았다는 것은, 우리가 걱정할 만한 일이 아니라는 거다."

"하지만 미스미스 대장님도 같이 갔잖아?"

"…………."

진은 저격총에서 떼어낸 조준기를 오른손으로 꽉 쥔 채 입을 다물었다.

"……그래. 요새 이스카의 상태가 어긋나긴 했지."

잠시 후 그는 신중하게 단어를 고르면서 낮은 음성으로 말했다.

"어긋났다고? 좋거나 나쁜 게 아니라?"

"부조화가 느껴졌어. 마치 정신과 육체의 톱니바퀴가 어긋난 것처럼. 그 녀석, 최근에 수면 부족이라고 했었지."

"응, 네우르카 수해에 다녀온 이후로."

"그 녀석은 거기서 빙화의 마녀와 만났을 거야."

263

벤치에 앉아 한쪽 무릎을 세우는 저격수.

팔로 그 무릎을 감싸 안으면서 말을 이었다.

"그런데 그 직후 중립도시에 갔지. 거기서는 제국 사람과 황청 사람이 만나도 아무도 모를 거야. 이스카는 그곳에 두 번 갔고, 세 번째에는 대장이 동행했단 말이지…….."

"어? 뭐, 뭐야? 진 오빠, 뭔가 알아낸 거야?!"

"……아니. 아무것도 아냐."

"거짓말이지?! 진 오빠, 방금 네네의 눈을 피했잖아!"

"어휴, 됐으니까 조용히 해. 저거 봐, 다른 녀석들이 시끄럽다 는 듯이 이쪽을 보고──."

진의 무릎 근처에서 기계음이 들렸다.

벤치에 놔둔 통신 단말기가 돌연 빨간색과 노란색으로 깜빡거 리기 시작했다.

"긴급 호출이군. 발신자는…… 호랑이도 제 말 하면 온다더니."

"미스미스 대장님이야?"

"그래. 여기 표시된 이름이 정확하다면."

액정 화면을 가만히 노려보는 진.

이윽고 수화기를 옆얼굴에 가까이 댔다.

"네, 접니다. 네네도 함께 있고 현재 훈련 중. 물론 무슨 일이 있으면 즉시 움직일 수 있어."

그 예리한 두 눈이 경악으로 휘둥그레지는 순간을 네네는 코앞 에서 목격했다.

"……**시조 네뷸리스**? 잠깐만, 보스, 진정해봐. 그게 무슨 소리야?"

벌떡 일어나는 진.

여전히 조준기를 손에 쥐고 있었다.

"……알았어. 아니, 어쩌다 그런 일이 생겼는지 전혀 모르겠지만, 적어도 지금 어디서 무슨 일이 일어났는지는 이해한 것 같아."

진이 흘끗 이쪽을 보았다. 그 긴장된 눈빛만 보고 네네도 눈치챘다. 뭔가 엄청난 사태가 일어났다는 사실을.

"중립도시 에인. 나와 네네가 지금 당장 달려가기에는 너무 먼 곳인데. 현재 누가 그 녀석을 붙잡아놓고…… 이스카가? 그 녀석이 자진해서 그렇게 말했단 말이지."

침묵.

그리고 잠시 후, 누구보다도 이스카를 잘 아는 저격수는 확고한 말투로 단언했다.

"그렇다면 나와 네네가 나설 필요는 없을 거야. 보스도 그냥 피난이나…… 뭐? 전설의 대마녀? 응, 나도 알아. 그래도 상관없어."

『하, 하지만, 진 군?!』

"상대가 성령술사라면 이스카는 결코 지지 않아. 그 녀석이 안 한다면, 도대체 누가 이 쓸모없는 전쟁을 멈출 수 있겠어?"

그는 통신기 너머에 있는 여대장에게 절대적 자신감을 가지고 말했다.

"그게 가능한 인물이 바로『흑강의 후계자』야."

2

불타버린 황야.

아직도 대량의 불티가 날아다니는 중립도시 에인을 배경으로, 불꽃과 모래먼지에 휩싸인 언덕을 뛰어 올라갔다.

『제국 군인…….』

지표면에서 10미터 이상이나 떨어진 허공에서 계속 부유하는 시조 네뷸리스.

여전히 두 눈을 꼭 감은 그 얼굴은 그야말로 무표정했다. 모든 감정을 철저히 숨긴 갈색 소녀는 허공에서 가냘픈 손을 들어 휘저었다.

마치 오케스트라를 통솔하는 숙련된 지휘자처럼.

『제국의 개. 네놈들이 성령술사를 얼마나 심하게 괴롭혔는지 아느냐.』

소녀의 등 뒤에 구현된 날개에서 빛이 났다.

광택 있는 검은 날개에 깃든 암적색 빛.

『사라져라.』

화르르 하고 대기가 연소되는 소리가 났다. 배후에서 생겨난 불의 기운을 느낀 순간, 이스카는 대지를 박차고 허공으로 날아 올랐다.

『……피한 건가.』

"피한 것이 아니야."

대마녀는 상대가 불꽃의 발동을 감지하자 눈살을 찌푸렸는데.

이스카는 즉시 대마녀의 혼잣말을 부정했다.

"너와 맞서려고 하는 거야."

폭발하는 화염의 충격파가 이스카의 등을 밀어 올렸다.

그 자신의 각력과 불꽃의 기류에 의한 양력이 결합되면서 상공으로 날아 올라가는 이스카. 그 모습은 도약이 아닌 비상에 가까웠다.

『불꽃을 도약하는 데 이용하다니, 꽤 훌륭한 재주를 부리는구나.』

시조 네뷸리스가 있는 허공으로.

……칠흑의 날개.

……방금 성령의 힘이 발동됐을 때 분명히 날개가 빛났었다.

흑의 성검과 같은 색깔로 빛나는 날개.

저 날개에 네뷸리스가 지닌 능력의 비밀이 숨어 있을 것이다. 이스카는 순간적으로 그렇게 느낀 자신의 직감에 따라 성검을 치켜들었다. 대마녀의 등에 달린 날개를 잘라버리려고——.

『검이 나에게 닿을 거라고 생각했나? 그렇다면 그 실낱같은 희망과 함께 얼어붙어라.』

뭔가가 삐걱거리는 듯한 딱딱한 소리. 그것은 이스카와 네뷸리스 사이에 존재하는 공기의 수분이 성령의 힘에 의해 동결되는 소리였다.

"얼음?! 말도 안 돼!"

인간에게 깃드는 성령은 딱 하나. 방금 그토록 굉장한 업화를 일으켰는데, 어떻게 이럴 수가?

……설마 불꽃을 조종하는 게 아닌 건가?

……이상하다. 하나의 성령이 간섭할 수 있는 사상(事象)은 오직 하나뿐일 텐데.

대마녀의 성령의 정체는 도대체 뭘까?

코앞에서 닥쳐오는 얼음벽. 날아오르는 이스카를 확 짓눌러버리는 형태로 낙하하는 얼음덩어리 앞에서도 그는 그 불가사의한 현상에 정신이 팔려 있었다.

"이스카!"

잡념을 날려버리는 일갈.

그 계기는 바로 지상에서 그를 쳐다보는 앨리스의 한마디였다.

"하앗!"

흑의 성검을 거꾸로 쥐고 얼음의 벽면을 콱 찍었다. 그것을 축으로 삼아 물구나무서듯이 벽에 착지. 그리고 그 얕은 틈에 신발을 찔러 넣으면서 얼음벽을 걷어차고 대지를 향해 도망쳤다.

대지에 격돌하여 무수한 얼음조각으로 변하는 빙벽.

그런데 네뷸리스는 얼음 잔해에는 신경도 쓰지 않았다. 오로지 그 얼음벽을 무사히 회피한 제국 검사만을 바라봤다.

『두 번이나 피하다니.』

″별의 기억에 간섭.″

″제2계층 「의사」와 접촉. 별의 표층으로 소환.″

대마녀라고 불리는 소녀가 손가락을 딱 튕겼다.

그러자 정면의 공간이 세로로 크게 갈라지더니, 마치 촉수를 내뻗는 것처럼 그 균열이 황토색 사막을 향해 뻗어 나갔다.

……좀 전에는 저 균열에서 화염이 튀어나왔었다.

……설마 이번에도?

자세를 낮추고 양손의 성검을 교차시켰다.

황야를 태우는 화염이냐, 아니면 방금 보여준 무지막지한 질량의 얼음덩어리냐. 또는 둘 다인가. 어떤 공격이 가해질지 예측하고 대책을 생각해봤다.

그러나 최고의 성령술사의 능력은 그 상정조차 가볍게 뛰어넘었다.

콰앙.

폭발하는 대지. 지반이 지하 깊숙한 곳에서부터 융기했다. 그리하여 작은 산만큼이나 거대한 흙 사자가 나타났다.

″골렘, 흙의 성령까지 지닌 건가?!″

″미안하지만 인형이나 상대하고 있을 시간은 없어.″

그러면서 앨리스는 바닥에 무릎 꿇고 앉아서 손가락으로 갈라진 지반을 만졌다.

″뛰어!″

앨리스는 대답도 기다리지 않고 그렇게 한마디 중얼거렸다.

——대빙화(大氷禍).

네우르카 수해를 꽁꽁 얼려버린 성령술.

마치 잔잔한 호수 위에 파문이 퍼져 나가는 것처럼. 빙화의 마녀라 불리는 성령술사가 발산한 냉기는 이 불타버린 황야를 푸르게 뒤덮으며 동결시켰다.

이 일대 전체가 빙판으로 변했다.

"역시 대단하네."

얼음 비탈 위에 착지.

눈앞에서는 사자처럼 생긴 골렘이 포효하는 형태로 단단히 얼어붙어 있었다.

"앨리스, 저 시조의 성령은 뭐야?"

"……나야말로 뭐냐고 물어보고 싶은걸."

방금 골렘을 압도했으면서도 긴장해서 갈라진 목소리로 대답하는 빙화의 마녀. 그녀는 여전히 평온하게 자기들을 내려다보는 대마녀를 쳐다봤다.

"여왕이신 어마마마도 시조의 성령의 정체는 모르시는 것 같았어. 실제로 직접 보면 알 수 있을 거라고 생각했는데……."

말끝을 흐리는 네뷸리스의 공주.

결론을 내지 못하는 것은 이스카도 마찬가지였다. 지금까지 싸웠던 어떤 성령술사와도 달랐다. 본디 성령술사가 다루는 성령술은 어디까지나 그에게 깃든 성령과 관련된 사상으로 한정되어야 하는데.

"복수의 성령을 지니고 있을 가능성은?"

"전혀 없어."

딱 잘라 말하는 앨리스.

"성령이 깃든 인간에게는 얼룩이 생긴다는 거, 알지?"

"알아. 성문이잖아."

성령술사가 박해를 받게 된 원인 중 하나.

신체에 깃든 성령에 따라 얼룩의 모양은 달라진다. 그 성령이 강하면 강할수록 얼룩도 커진다. 마치 악령에 들린 것 같다——맨 처음 성문을 본 자들은 그런 두려움을 품고 성령술사들을 감금했다.

"저 녀석이 공중에서 몸을 돌렸을 때 등이 보였어. 날개가 옷을 찢고 튀어나와 있었고, 그곳에 크고 검은 성문이 자리 잡고 있었어. 그게 저 녀석에게 깃든 성령이야. 하지만……."

눈을 가늘게 뜨고 시조를 노려보는 빙화의 마녀.

"내가 왕궁에서 봤을 때에는 저런 날개는 없었어. 시공 성령의 자동 방어가 발동했을 때에만 생겨난다는 것은, 저 날개처럼 보이는 것이 진짜 날개가 아니라 성령 그 자체인 걸지도 몰라."

"좋아, 그 정도만 알아도 충분해."

저 칠흑의 날개가 대마녀 네뷸리스의 힘을 구현한 것이라면. 날개를 절단해서 일시적으로 시공 성령을 네뷸리스에게서 떼어놓을 수 있을지도 모른다.

"저 날개를——."

"————가, ————가——가능……할——."

"어?"

"**————————가능할 것 같냐?**"

대마녀가 웃었다.

예고도 없이 갑자기.

갈색 소녀의 눈꺼풀이 천천히 열렸다.

"……여긴…… 그래, 기억난다. 비샤다 황야구나."

"네뷸리스?!"

"성령이여, 설마 이 하찮은 제국 병사 때문에 나를 깨운 것인가? 이런 어중간한 각성 상태로 나를 예정보다 더 빨리 깨웠다고? 그럴 필요까진 없었을 텐데."

그 눈에 깃드는 자아의 빛.

눈동자에서 나타난 의식이 점점 더 또렷해졌다.

"……그나저나, 그렇군. 꽤나 그리운 검을 손에 들고 있구나."

시조는 이스카의 손에 들린 성검을 내려다봤다.

"혹시 이 검을 알아?"

"…………."

침묵. 그것은 의도적으로 정보를 차단한 것이 아니라, 대마녀 네뷸리스가 성검과 이스카를 관찰하느라 여념이 없어서 침묵한 것뿐이었다.

"흠, 그래. 네가 어떤 경위로 성검을 손에 넣었는지는 몰라도,

그 검을 크로스웰 이외의 남자가 다루는 것은 불가능할 테지."

"크로스웰?!"

"그래. 왜?"

"……그것은 내 스승님의 이름이다."

제국 역사상 최강의 검사. 이스카의 스승이자, 성검의 소유자였던 남자.

……그런데 어째서?

……100년 전에 활약했던 대마녀가 어떻게 스승님을 알고 있는 거지?

"네놈이 그 남자의 제자라고?"

미심쩍다는 듯이 한쪽 눈만 크게 뜨는 대마녀.

그러나 곧 조그만 입술을 비틀면서 불길한 미소를 지었다.

"흥. 그놈 마음을 이해하기 어렵군. 이런 근본 없는 졸병에게 성검을 맡기다니."

"졸병인지 아닌지는 싸워보기 전까진 모를 일이지."

"싸우지 않아도 뻔하다. 네가 나를 이기는 미래 따윈 없어."

앨리스가 얼려놓은 대지를 뚫고, 끓어오르는 진홍색 비말이 솟구쳐 나왔다.

마그마. 저것은 이 별의 가장 거대한 에너지 중 하나였다.

별의 내층에서 생성된 초고열 「녹은 바위」. 온도는 1,000도가 넘었다. 그것은 도시의 성벽이든 민가든 뭐든 다 녹이고 불태워 버리는 존재였다.

"불타는 바다는 건너지 못할 테지."

"글쎄, 어떨까?"

사방을 뒤덮을 듯이 닥쳐오는 용암의 분사. 맹렬한 열과 증기로 가득 찬 가운데, 이스카는 망설임 없이 작열하는 비말을 향해 몸을 던졌다.

쏟아지는 용암덩어리를 응시. 공중 이동 궤도를 바탕으로 낙하 위치 예측.

후퇴하지 않고 앞으로. 발을 내디디고 몸을 낮추면서 마치 팽이처럼 빙글빙글 돌며 전진한다. 쏟아지는 암석들을 종이 한 장 차이로 정확하게 회피한다.

또 이런 식으로는 다 피하지 못한 자잘한 돌덩이들만 칼등으로 쳐서 떨어뜨렸다.

"이만한 열량을 두려워하지 않고 다가오다니."

호. 그렇게 살짝 숨을 내쉬는 갈색 소녀.

"그러나 선택을 잘못했구나."

솟구치는 용암이 공중에서 압축되더니 온몸에 불을 두른 뱀으로 변신했다.

고개를 꺾어 우러러봐야 할 정도로 거대한 화염의 골렘이 기괴하게 꿈틀거리기 시작했다. 이스카의 좌우에서는 용암류가 그를 가로막는 벽처럼 흐르고 있었고, 앞에는 불꽃 뱀이 버티고 있었다. 또 뒤에서도 용암덩어리가 계속 쏟아져 내렸다.

사방이 막힌 화염의 포위망.

"잡았다, 제국 병사."

"저기, 언제까지 나를 무시할 셈이야?"

끓어오르는 용암이 얼어붙었다.

"당신이 아무리 강력한 불꽃을 조종해도 나는 그 약점을 노릴 수 있어."

차가운 냉기를 두른 금발 머리 소녀.

——이스카가 길을 뚫고, 앨리스가 그 뒤를 따랐다.

누가 그러자고 말한 것은 아니었다. 자연스럽게 그들은 그렇게 행동했다.

"……세련된 냉기. 좋은 성령을 가지고 잘 제어하고 있군."

"칭찬해줘서 고마워. 영광이야."

얼어붙은 흙이 솟아올라 용암과 불꽃 거인을 통째로 얼려버렸다. 발아래에서 펼쳐지는 그 광경을 보고 앨리스의 실력을 짐작한 대마녀는 가볍게 혀를 찼다.

"소녀여. 너는 이 제국 병사 다음으로 처리할 생각이었다만."

"어머나? 같은 성령술사라고 좀 봐주는 거야?"

"그 반대다."

동포를 내려다보는 시조.

그 눈빛에 뭐라 표현할 수 없는 잔혹한 감정이 섞여 들었다.

"제국을 돕는 성령술사…… 그 죄과는 아무리 애걸복걸해도 결코 용서받지 못할 것이다."

"그래, 마음대로 해. 나도 당신을 용서하지 않을 테니까!"

시조의 안광을 정면으로 받아내면서 마주 보는 네뷸리스의 공주.

"성령술사이면서 아무렇지도 않게 동지를 해치다니. 린한테도 그랬지. 당신은 더 이상 황청의 영웅이 아니야!"

"영웅? 그런 허울 좋은 말로는 이 세상을 구할 수 없어."

갈색 소녀의 어깨가 부르르 떨렸다.

소녀는 상대가 가엽고 우스워서 못 참겠다는 듯이 웃었다.

"나는 100년 전부터 알고 있었어. 이 상처투성이 세계에는 영웅도 구세주도 없다. 그러니 내가 마녀가 되어 제국을 소멸시킬 것이다. 단지 그뿐이야."

텅 빈 비웃음.

끝없는 절망.

그것은 완전히 희망을 잃고 한탄하는 자의 고백이나 마찬가지였다.

"나는 마녀이고, 너희들은 적이다."

바람이 불었다.

이스카와 앨리스를 중심으로 발생한 회오리바람이 인간도 날려버릴 만한 강풍으로 변했다. 더 나아가 발밑의 얼어붙은 땅조차 파괴하여 빨아들이는 폭풍으로 극대화되었다.

"나의 성령은 별의 중추에서 생겨난 가장 오래된 것이다. 별의 사상 전체를 기억하고, 시공을 초월하여 그것을 소환한다. ————거슬리는 자들이여, 이 세상이 끝날 때까지 사라져라."

"윽······."

"앨리스!"

휘몰아치는 돌풍이 몸을 때리자, 앨리스가 작은 비명을 질렀다.

인간조차 종잇장처럼 가볍게 날려버리는 폭풍.

앨리스의 몸이 광풍에 휩쓸려 날아가기 직전에 이스카는 그녀의 손을 붙잡았다.

왼손의 검을 바닥에 푹 꽂아 닻으로 삼고. 어금니를 꽉 깨문 채 억지로 대지를 밟고 서서 폭풍 한가운데에서 앨리스의 몸을 끌어당겼다.

──새빨간 물방울.

앨리스의 손을 붙잡은 이스카의 팔이 찢어지면서 선혈이 솟구쳤다.

"으윽?!"

"이스카!"

"······낫족제비도 쓸 줄 아나 보군."

바람 칼날이라고 불리는 현상.

그 정체는 강한 돌풍에 의해 빠르게 날아가는 모래와 자갈이 인체에 상처를 내는 초자연 현상이다.

"이스카, 손을 놔!"

폭풍에 휩쓸려 날아갈 듯한 빙화의 마녀가 소리를 질렀다. 바람 칼날의 공격을 받은 이스카의 팔이 계속해서 찢겨져 나갔고, 상처가 점점 더 커지면서 팔에서 어깨까지 찢어졌다.

"뭐 하는 거야! 빨리 내 손을 놔, 이러다 네 팔이 찢어지겠어!"

스스로 손을 빼려고 하는 성령술사.

그러나 소년이 허락지 않았다.

"……아무 말도 안 들려."

"뭐라고?!"

"바람 소리가 너무 강해서 앨리스가 무슨 말을 하는지 못 알아듣겠다고! 손을 놓으라니, 그런 말은 전혀 안 들려!"

"!"

소녀의 얼굴이 일그러졌다.

"……왜 그러는 거야."

보석같이 빛나는 두 눈을 내리깐 채.

"……나는 마녀야. 네가 스스로 다치면서까지 구해줄 만한 상대가 아니야."

앨리스는 입술을 깨물고 그런 자학적인 말을 했다.

아무리 스스로 「성령술사」라고 자칭한다 해도, 누군지 모를 수많은 사람들은 꾸준히 자기를 마녀라고 부르면서 두려워하고 기피하고 있다. ……그래서 견딜 수 없이 괴로웠다.

빙화의 마녀라고 불리는 앨리스가 보여준 속마음.

그런 그녀의 눈을 똑바로 보면서.

"앨리스."

제국의 소년 검사가 태연하게 말을 꺼냈다.

"우리, 마음이 맞는 것 같지 않아?"

"······뭐?"

"저 녀석이 몹시 거슬려. 앨리스, 너는 저놈 때문에 린이 다쳤으니까. 그리고 나도 저런 성령술사가 사납게 날뛰면 평화 협상 따윈 꿈도 못 꿀 거야."

"그래서?"

"우리는 제국도 황청도 아닌 중립도시에 있어. **목적은 같아.** 그거면 충분해."

그것이 시작이자 계기였다.

중립도시 에인에서 오페라를 보고. 같은 식당에서 같은 음식을 주문하고. 화가의 개인전에서 서로 취미가 일치하는 것을 확인하여 신나게 이야기하고——.

"나도 너와 마찬가지야. 저 녀석에게 지고 싶지 않아. 그러니까 이 손은 놓지 않을 거야."

"··········."

무슨 말을 하고픈 것처럼 입을 여는 앨리스. 그러나 곧 관두고 고개를 숙이더니····· 망설이면서 몇 번이나 입술을 깨문 뒤.

"······믿어도 돼? 제국 사람인 너를."

빙화의 마녀는 흔들리는 눈동자로 말했다.

소용돌이치는 폭풍 한가운데에서 앨리스리제 루 네뷸리스 9세의 손에서 뭔가가 빛났다.

"『빙화, 나유타의 설등(雪燈)』."

얼음 결정이 빛나기 시작했다.

앨리스의 발밑에서부터 이 황야를 뒤덮은 빙설 전체로 빛이 퍼져 나갔다.

그야말로 나유타──「셀 수 없이 많은 이해 불능의 숫자」만큼의 얼음 결정들에게 빙화의 성령의 힘이 전해졌다.

"얼음별이여, 솟구쳐라!"

푸른 섬광.

빛나는 얼음 결정이 지표면에서 떠오르더니 순식간에 반짝반짝 허공에 잔상을 남기면서 하늘로 올라가 빛이 되었다. 그 초저온 얼음 유성은 호를 그리면서 솟아올라 폭풍을 뚫고 네뷸리스를 향해 돌진했다.

"얼음 광탄(光彈)? 이 폭풍을 뚫다니…… 소녀여, 이것은 너의 비술인가?"

시조가 놀란 듯이 말했다.

쭉 뻗은 양손 앞에서 대기가 응축되어 방패로 변했다. 두꺼운 강철 벽보다 더 단단하고 한없이 유연한 그 장벽은 지상에서 발사된 얼음 섬광을 막아──.

"윽!"

후퇴했다.

대마녀로서 공포의 대상이 되어온 소녀가 방어를 포기하고 공격을 회피했다. 그것은 100년 전에 제국군 중 누구도 보지 못한 광경이었다.

"설마……."

주르륵. 갈색 뺨을 타고 흐르는 붉은 물방울.

네뷸리스가 전개한 대기의 방패를 뚫어버린 얼음 유성이 그녀의 뺨을 살짝 스치고 지나간 것이었다.

"대기의 수호조차 뚫어버릴 줄이야."

"이걸로 끝이 아니야. 이 광탄은 지상의 눈 결정이 사라질 때까지 계속 발사될 거야!"

"———."

갈색 소녀가 공중에서 선회했다.

하늘 높이 비상하는가 싶더니 휙 방향을 틀었다. 다시 한 번 회전해서 지상에 닿을 정도로 빠르게 강하하여 급정지. 복잡하고 기괴하게 비행하면서 앨리스의 광탄을 피했다.

하지만 그렇게 피한 것도 겨우 수백 발. 나유타라는 무한에 가까운 압도적 탄막으로 인해 궁지에 몰린 네뷸리스는 다시금 허공에 멈춰 섰다.

그러자 이에 호응하듯이 이스카와 앨리스를 휩쌌던 폭풍도 거짓말같이 사라졌다.

"이젠 끝이야. 시조."

이겼다. 앨리스는 그런 자신감을 내비쳤다.

"항복——."

"*So aves cal pile*(오너라, 하늘의 지팡이여)."

"별의 중추에 간섭."

"**내 육신**과 접촉. 시공의 끝에서 소환."

하늘을 우러러보는 대마녀. 그녀의 머리 위가 갑자기 구름 낀 하늘처럼 어두워지더니, 태양빛조차 차단하는 불길한 검은 장기가 소용돌이치기 시작했다.

"······앗, 나의 별이?!"

검은 기류가 변화하여 네뷸리스 앞을 가로막는 장벽이 되었다.

그곳에 앨리스의 얼음 광탄이 격돌──했는데, 대기의 수호도 파괴했던 얼음별은 검은 기류에 닿자마자 푸른빛만 남기고 산산이 흩어져버렸다.

"뭐야? 저 검은 기류는 도대체 뭐지?!"

앨리스가 갈라진 소리를 내면서 위를 쳐다봤다.

검은 기류가 소용돌이치다가 하나로 뭉쳐지기 시작했다. 최고의 성령술사가 들어 올린 오른손에서 그녀의 키만큼이나 기다란 봉이 생겨났다.

"형성하는 데 시간이 꽤 걸렸군. 아직 나도 성령도 완전히 깨어나진 못했지만······."

구불구불한 검은 지팡이.

대마녀──그야말로 마녀의 요술 지팡이를 휘두르듯이 그것을 높이 들더니.

"종언을 알리리라."

저 높은 천상에서 지팡이를 밑으로 던졌다.

그 광경을 본 이스카는 지독한 현기증을 느꼈다.

……공간이 일그러졌어?!

……뭐야…… 저 기분 나쁜 지팡이는?!

하늘의 지팡이.

지상으로 날아오는 그것이 엄청나게 위험한 존재라는 것을 확실히 느꼈다.

"윽…… 별이여, 저 지팡이를 물리쳐라!"

창궁에서 낙하하는 지팡이 하나.

지상에서 발사되는 나유타의 얼음별.

그 둘이 공중에서 정면으로 충돌했다. 이스카가 그렇게 인식하기도 전에, 네뷸리스의 하늘의 지팡이 끝이 번쩍 빛났다.

──공간 파괴.

대기가 비명을 질렀다.

지상이 굉음과 더불어 부서졌다. 무한에 가깝던 얼음 광탄은 단 하나도 남기지 않고 소멸하여 허무의 저편으로 사라져갔다.

어느새 정신 차려 보니──.

이스카는 보이지 않는 충격파에 의해 하늘 높이 날아가고 있었다.

"……윽, ……커, 허억……?"

얼음 대지 위에 쿵 떨어져 비탈길을 굴러 내려갔다.

입안에서 피 냄새가 났다. 쓰러질 때 입안에 상처가 난 것 같은데 그게 정확히 언제인지는 알 수 없었다. 실은 충격파에 휘말린 순간조차 지각하지 못했다.

"······앨리······스······?!"

"————."

대답이 없었다.

바닥에 엎드린 채 고개를 들지 않는 네뷸리스의 공주.

등이 희미하게 위아래로 움직이는 것을 보면 아직 살아 있는 듯했다. 하지만 방금 충격파에 휩쓸려 날아가 온몸이 얼음 대지에 세게 부딪쳤을 것이다. 설령 기절하지 않았어도 움직이지는 못할 것이다.

"하늘의 지팡이의 위력도 겨우 이 정도인가. 역시 아직은 완전히 힘을 되찾지 못했군."

여전히 허공에 떠 있는 검은 지팡이.

앨리스가 발사한 얼음 광탄을 모조리 소멸시키고 대지를 부숴버릴 정도로 강력한 에너지를 방출했으면서도, 대마녀는 만족하기는커녕 오히려 불만스럽게 콧방귀를 꾸었다.

"······겨우 이 정도? 무슨 헛소리야······."

"그것이 나와 너희들의 차이다. 하늘과 땅 차이조차 분별하지 못하는 것이냐?"

압도하는 것이 당연하다.

너희들은 애초에 나의 적수가 될 수 없었다. 그렇게 말하는 듯한 눈빛이었다. 실제로 네뷸리스는 앨리스의 공격에 의해 뺨에 생채기가 난 것만 제외하면 거의 다치지도 않았다.

그 상처만 제외하면 아주 약간의 먼지조차 묻지 않았다.

이것이 바로 시조.

검은 지팡이를 휘둘러 천재지변을 일으키는 그 모습은 그야말로 공포의 대마녀라고 불리기에 충분한 위용이었다.

그러나.

"_____."

"뭐냐, 그 눈빛은."

성검을 지팡이처럼 짚고 일어난 이스카.

시조는 그 모습을 상공에서 내려다보면서 불만스럽게 말했다.

"도망치지도 않고, 목숨만 살려 달라고 애걸하지도 않고, 무서워하지도 않는군. ……거슬린다. 나를 노려보는 그 시건방진 태도. 이 정도면 충분히 잘 덤볐다고 생각하는 거냐?"

"아니."

이스카는 왼손에 쥔 성검을 지팡이 삼아 몸을 일으킨 채. 오른손에 쥔 또 하나의 성검 칼끝으로 대마녀를 겨눴다.

"지금부터 덤벼들 거다."

"제정신이냐?"

이해가 안 간다는 듯이 탄식하는 네뷸리스.

"하늘의 지팡이를 막아낸 것은 거기 그 소녀가 가진 성령의 힘이었다. 그러나 보아라. 지금 그 소녀는 바닥에 쓰러져 일어나지도 못하고 있다. 더 이상 나의 지팡이를 막아낼 방법은 없을 것이다."

"그래!"

이스카는 피를 토하면서 얼어붙은 대지를 박찼다.

"앨리스가 딱 한 번 버텨내줬으니까. 이 기회를 놓칠 수는 없어!"

하늘의 지팡이의 위력을 자기 몸으로 직접 느꼈다.

하지만 그래도 몸은 움직였다. 크게 갈라진 대지의 상흔을 따라 질주했다. 태양을 등지고 떠올라 있는 시조를 향해.

"달리기밖에 못 하는 똥개 주제에."

지팡이를 가까이 끌어당기는 갈색 소녀.

"꼴사납게 바닥을 기어라."

그녀가 하늘의 지팡이를 휘둘렀다.

공간이 흐느껴 우는 듯한 소리를 내더니 대기가 뒤틀리면서 강력한 시공의 칼날을 만들어냈다. 철보다도 더 날카로운 보이지 않는 칼날. 그것이——.

이스카가 휘두른 성검이, 날아오는 시공의 칼날을 베었다.

"앗?!"

"보이지 않아도 그곳에 존재한다면, 느낄 수는 있어."

공간을 일그러뜨리는 파동을 피부로 느끼고, 보이지 않는 칼날이 대기를 베는 소리를 듣는다. 설령 처음 보는 공격 수단이라 해도 그것이 성령술이라면 흑의 성검으로 차단할 수 있다.

……그리고 그 훈련은 지금까지 계속 해왔다.

……어떤 성령술사를 만나도 결코 겁먹지 않도록.

"그게 무슨 농담이냐."

"농담? 아니, 더없이 진지한 진담이다!"

사방팔방에서 날아오는 공간 압축 칼날.

이에 대한 이스카의 선택은 후퇴도 정지도 아닌 가속이었다. 갈라지는 대기의 비명이 알려주는 대로 성검을 휘두름으로써 보이지 않는 칼날의 충격을 받아냈다.

등 뒤에서 날아오는 칼날을 피하고, 좌우에서 날아오는 칼날 옆으로 빠져나갔다. 대기의 마찰로 뺨에 상처가 났고, 어깨에 열상을 입었지만——그래도 이스카는 멈추지 않았다.

그리고.

"……그대로…… 뛰어!"

네뷸리스의 공주도 부들부들 떨리는 다리로 몸을 반쯤 일으켜 세웠다.

"높이 솟아라."

얼음 대지가 융기했다.

높다란 벽같이 생겨난 얼음덩어리가 마치 아름다운 얼음 세공품처럼 깎여 나가면서 연마되더니 이윽고 이스카 앞에서 얼음 계단으로 완성되었다.

목적지는 하늘——.

시조 네뷸리스에게 다가갈 수 있는 최후의 빛나는 얼음길이 생겨났다.

"간다."

"정말 시건방지구나!"

지팡이를 거꾸로 쥐는 대마녀.

"나와 제국의 질긴 인연을 전혀 모르는 네놈이——."

"아직도 모르는 거야?"

얼음 계단을 뛰어 올라갔다.

"그렇게 자꾸 고집을 부리니까, 이 쓸데없는 전쟁이 끝나지 않는 거라고!"

"————시끄럽다!"

하늘의 지팡이가 발사됐다.

"성검으로도 이 일격은 막지 못할 것이다!"

강렬한 대기의 흔들림과 바람의 포효를 동반한 시공 파괴의 일격. 그것은 모든 성령술을 절단하는 성검으로도 막지 못할 위력이었다.

칼끝이 지팡이 끝과 맞닿은 순간, 그곳을 중심으로 시공 파괴가 시작된다. 설령 하늘의 지팡이를 절단하더라도 즉시 파괴의 소용돌이에 휘말릴 것이다.

"나도 알아. 앨리스의 광탄을 통해 봤으니까."

카앙! 맑은 소리를 내면서 땅바닥에 떨어지는 검은 성검.

이스카가 스스로 오른손에 든 성검을 내던진 것이었다.

"뭐 하는 짓이냐?!"

"난 세계에서 가장 강한 방패가 뭔지 알아."

오른손을 내밀었다.

그 손바닥에 꽉 쥐고 있던 「얼음 씨앗」을 내세우면서——.

"이것은 무적의 방패야. 제국의 대규모 파괴 병기의 화력조차 막아낸 적이 있어."

그녀가 무적이라고 말했다.

그러니까 나는 믿을 것이다. 그녀가 건네준 이 방패가 하늘의 지팡이를 막아낼 거라고.

"앨리스!"

소년의 부름에 빙화의 마녀는 단 한마디로 대답했다.

바닥에 엎드린 채.

그래도 절대적인 자신감을 가지고.

"……피어나라!"

폭발하는 얼음 조각.

단단하고 한없이 맑은 소리가 울려 퍼졌다. 이스카가 손에 쥐고 있던 「얼음 씨앗」이 발아했다. 거기서 피어난 것은 참으로 아름다운 거울 방패였다.

──빙화(氷花).

모든 성령술을 절단하는 흑의 성검으로도 절단하지 못했던 단 하나의 예외.

앨리스리제 루 네뷸리스 9세에게 깃든 『빙화의 성령』의 본질이며 최고인 성령술이, 세상에서 가장 아름답고 커다란 얼음 꽃이 되어 나타났다.

"……믿어도 돼? 제국 사람인 너를."

폭풍 속에서 이스카는 손을 놓지 않았다.

그래서 앨리스는 자신의 최대 비기인 「빙화」의 씨앗을 그 손에 쥐여 준 것이었다.

──위대한 꽃의 수호.

이스카의 방패가 되어.

세상에서 가장 아름다운 얼음 꽃이 하늘의 지팡이조차 막아 냈다.

"이럴 수가?!"

하늘의 지팡이와 얼음 꽃이 맑은 소리를 내면서 산산이 부서 졌다.

무방비한 모습을 드러낸 갈색 소녀는 움직이지 않았다. 아직 능력이 완전히 회복되진 않았지만, 그래도 자신의 절대적 일격이 완전히 무효화되자 몹시 동요하고 말았다.

사실을 사실로서 받아들이지도 못하고 멍한 얼굴로 입을 여는 소녀.

"⋯⋯어째서⋯⋯?"

"모르겠어?"

왼손의 하얀 성검을 높이 치켜들었다.

"100년 전에 너에게 덤벼든 검사는 있었어도, 『검사와 성령술 사』는 없었다는 뜻이야."

모든 성령술사의 희망이었던 네뷸리스.

만약 그녀가 지금도 성령술사의 희망이었다면 결과는 달라졌을 것이다. 아마 앨리스는 빙화를 이스카에게 맡기지 않았을 테니까.

──성령이 결단을 내린 것이다.

새로운 시대를 책임지는 성령술사는 대마녀가 아니라고.

"다시 한 번 잠들어라, 네뷸리스."

검을 내리쳤다.

소녀의 외투 틈새로 보이는 칠흑의 날개 아랫부분을 향해.

"다음에 깨어나면 틀림없이 좀 더 괜찮은 세계가 너를 맞이해 줄 거야."

작은 비명.

힘의 원천인 성령이 신체에서 떨어져 나가자, 갈색 소녀는 의식을 잃었다.

눈을 감은 대마녀가 다시 잠드는 것처럼 힘없이 무너져 내리더니 그대로 공간의 균열 속으로 빨려 들어가듯이 사라졌다.

Intermission
『이 어두운 황혼 속에서』

the War ends the world /
raises the world

제도 융메룽겐.

일몰.

진한 적갈색으로 물들어가는 지상의 도시 밑에 있는 깊숙한 공간. 지하 5,000미터에 위치한 어두운 의사당에서 여러 명의 박수갈채 소리가 울려 퍼졌다.

『훌륭해.』

『대마녀 네뷸리스의 성령 반응이 소실됐어. 무사히 억제한 거지.』

『다만 전투 영상을 촬영하지 못했다는 점이 아쉽군. 대마녀 네뷸리스에게 깃든 성령은 이 별의 가장 깊숙한 곳에서 태어난 성령이다. 영상을 입수하면 성령 연구가 비약적으로 빠르게 진전됐을 텐데…….』

『아니. 그래도 그 대마녀의 각성을 막은 것은 대단히 의의 있는 일이야.』

『과연 **그 남자**의 후계자. 기대한 만큼 성과를 내주는군.』

조명 하나조차 없는 방.

원탁을 둘러싼 여덟 대의 모니터에서 흘러나오는 빛. 그곳에 떠오른 여덟 남녀의 실루엣. 실루엣이 하나같이 흐릿해서 체형만

간신히 확인할 수 있는 수준이었다.

제국의 최고 의사 결정 기관 「팔대사도」.

『대마녀는 다시 침묵에 빠졌다. 현재 빙화의 마녀가 다소 마음에 걸리긴 하나…….』

『마녀를 처치하는 것이 흑강의 후계자의 사명이다. 걱정하지 않아도 그는 잘 해낼 거야. 본인이 원하든, 원하지 않든 간에.』

『그렇지.』

『사도성 서열 제5위——리샤 인 엠파이어의 「실험」도 순조롭다. 대마녀가 잠든 현재, **네뷸리스 황청은 무너질 것이다.**』

『그 남자, 흑강의 검투사 크로스웰이 우리에게도 끝까지 숨겼던 별의 비밀. 그의 후계자가 아무런 이야기도 못 들었다는 사실을 알았을 때에는 좀 놀랐지만, 뭐, 괜찮아. 별의 백성의 예언도 이제 곧 성취될 터. ……얼마 안 남았어.』

섹시한 여성의 목소리에 웃음기가 배었다.

요염하고 지적이면서도, 듣는 자에게 공포를 심어주는 냉철한 목소리였다.

『흑강의 후계자 이스카. 당신의 소원은 이루어질 거야.』

『그렇지. 우리는 자네에게 모든 것을 줄 것이다. 자네가 평화를 원한다면, 우리는 머잖아 반드시 항구적인 세계평화를 약속할 거야.』

『——모든 마녀와 마인을 소멸시킴으로써.』

『이 별이 그것을 원하니까.』

그 말을 마지막으로.

모니터에서 사람 그림자가 일제히 사라졌다.

침묵의 장막이 내려앉은 제국 의사당에서는 희미한 박수의 잔향만이 어렴풋이 메아리치면서 머물러 있었다.

Epilogue
『이 아름다운
별하늘 아래에서』

the War ends the world /
raises the world

모래먼지가 일어나는 황야.

모래땅을 뒤덮었던 얼음이 녹은 후, 지표면에는 하늘의 지팡이에 의해 생겨난 깊은 균열이 안타까울 정도로 생생하게 남아 있었다.

그 새까만 균열 속으로——.

바람에 날린 모래들이 조금씩, 아주 조금씩 대지의 구멍으로 들어가 점점 쌓이고 있었다. 마치 대지의 상처를 모래로 막아 치료하는 것 같았다.

별의 의지가 작용하는 것 같았다.

"…………."

그 광경을 흘끗 보면서.

이스카는 높직한 모래언덕을 천천히 올라갔다.

"……벌써 시간이 이렇게 됐네."

모래 섞인 밤바람이 목덜미를 훑고 지나가자 반사적으로 몸이 바르르 떨렸다. 중립도시 에인에 도착했을 때에는 정오였는데. 어느새 태양이 완전히 지평선 아래로 가라앉았다.

황야를 걸었다.

걷고, 걷고, 또 걸었다.

불빛도 길도 없는 무인의 대지를 계속해서 걸었다.

"오래 기다렸지."

마침내 소년은 모래언덕 꼭대기에 도착했다. 그곳에는 아름다운 금발 머리 소녀가 무릎을 끌어안고 앉아 있었다.

이스카보다 한발 먼저 치료를 마치고.

홀로 이 모래언덕에서 기다리고 있었던 것이다.

"너도 알 테지만 린의 화상은 괜찮대. 한동안 화상 흔적이 남아도, 시간이 지나면 저절로 낫는다고 했어."

"응."

"미스미스 대장님은 야간 순환버스를 타고 최대한 빨리 제도로 돌아갈 거래. 진과 네네도 기다리고 있을 테니까. 시조에 관한 이야기는 해도 되는 거지?"

"상관없어. 그 대마녀 때문에 중립도시에도 큰 폐를 끼쳤으니까. 그것을 숨길 수는 없지. 황청의 책임이야."

무릎을 끌어안은 채 고개를 끄덕거리는 네뷸리스의 공주.

"나도 하나 말해줄 것이 있어. 여러모로 생각해봤는데, 역시 대마녀는 지하의 성역으로 돌아간 것 같아."

"황청 지하?"

"응. 물론 너에게 자세히 설명해줄 수는 없지만. 성역은 내가 책임지고 관리할게. 어마마마가 가지고 계신 입구의 열쇠도 달라고 할 거야…… 더 이상 제멋대로 깨어나지 못하게 해야지."

앨리스가 모래를 툭툭 털고 일어났다.

시조와 싸우느라 만신창이가 됐는데도 여전히 기품 있고 아름다운 모습이었다.

네우르카 수해에서 처음 만났을 때와 마찬가지였다.

"좋아. 이제 서로에게 보고할 것은 다 보고했네."

"응."

"……그래. 그럼 시작하자. 우리 둘만의 마지막 싸움."

아무에게도 방해받지 않는 시간과 장소.

조건은 갖춰졌다.

흑강의 후계자 이스카와, 빙화의 마녀 앨리스──제국과 황청에서 태어난 적국의 영웅들끼리 만나서 이제는 모든 것을 결판내야 할 순간이 왔다.

"서로 봐주지 않기야."

"알아."

한 발 앞으로 내디디는 앨리스.

이스카 역시 똑같이 전진했다.

"…………."

"…………."

서로 말없이 상대를 바라보면서 한 발, 한 발 다가갔다.

5미터였던 거리가 3미터가 되고.

3미터였던 거리가 1미터가 되고.

어느새 이스카와 앨리스는 서로 닿을 정도로 가까이 다가섰다.

"하고 싶은 말이 있어."

"어머, 나도 마찬가지야."

제국 검사의 말에 황청의 소녀가 동의했다.

그리고.

"······휴전하자. 오늘은······ 영 피곤해서······."

"······좋아. 이의는 없어."

이스카와 앨리스는 동시에 털퍼덕 황야 위로 쓰러졌다.

"······오늘 하루만이야. 알지?"

"알아."

"내일부터 우리는 또다시 적이야."

"응."

"…………."

"…………."

벌렁 드러누워서 머리 위의 별하늘을 바라봤다.

"하늘이 아름답네."

"응."

나란히 누운 채 꼼짝도 하지 않는 소년과 소녀.

만약 밤하늘을 날아가는 새가 두 사람을 내려다본다면, 사이좋은 연인이나 남매라고 생각할지도 모른다.

"오늘은『요람자리』가 유난히 아름답네. 이 시기에만 보이는 별자리니까 조만간 안 보이게 되겠구나."

"어디, 어느 건데?"

"저거. 척 보면 알잖아."

소년이 손가락을 들자, 소녀도 손가락으로 별하늘을 가리켰다.

"제도는 밤에도 불빛이 너무 강해서 별을 보기 힘들어. 저 위에 있는 파란 별들이 그거야?"

"아니야. 좀 더 옆으로 가야지. ……아냐, 너무 갔어."

"……모르겠어."

"어휴, 바보."

서로 적이어도.

내일은 또다시 싸워야 하는 상대여도.

──지금 이 순간만은.

함께 웃으면서.

흑강의 후계자 이스카와 빙화의 마녀 앨리스는 둘이서 같은 별하늘을 계속 바라봤다.

이것은──.

마녀인 너와 내가 싸우는 이야기.

다음에 만나는 곳은 어디일까. 머나먼 전장? 혹은 세계가 시작되는 성전?

그 이야기가 지금 시작되었다.

후기

　주인공과 여주인공. 그런데 적이자 전장의 라이벌인 두 사람의 이야기──.

　초기 플롯을 짠 이후로…… 벌써 2년이 흘렀습니다.

　돌이켜보면 이 작품에 참 많은 시간을 들였네요.

　그런데 집필도 하고, 일러스트레이터(후술)가 결정되자 '제목을 정해야 하는데' 하고 분주하게 또 이것저것 하다 보니 어느새 이 2년의 유예 기간도 순식간에 끝나버려서요. 이제 후기 마감까지 겨우 세 시간 남았습니다.

　그야말로 라스트 스퍼트. 저 지금 필사적으로 뛰고 있어요…….

　그러니 여러분, 본편에 이어 조금만 더 저와 함께해주시길 바랍니다.

　처음 뵙겠습니다. 저자 사자네 케이입니다.

　이 작품 『너와 나의 최후의 전장, 혹은 세계가 시작되는 성전』을 읽어주셔서 감사합니다.

　저는 원래 판타지아 문고를 통해 데뷔했는데요. 판타지아 문고에서 신작을 내는 것은 정말 오랜만입니다.

　이러면 "지금까지 책도 안 내고 빈둥빈둥 놀았냐!"고 혼날 것 같은데요. 부디 용서해주세요…… 앞서 설명했다시피 이번 작품을 구상하는 데 집중했거든요.

(잠시 다른 브랜드 이야기를 하자면, 실은 MF 문고 J에서 『세계 종언의 세계록(앙코르)』라는 시리즈도 집필 중입니다)

그나저나 2년의 공백이라니. 돌이켜보면 긴 시간이네요.

저는 직업상 책상머리에 앉아서 원고만 쓰니까 시간의 흐름을 체감하기 어려운 편이지만, 그래도 그동안 친구의 직업이 바뀌거나 환경이 달라지기도 하고, 또 저도 다른 브랜드에서 책을 몇 권 내기도 했거든요.

그러니까 그만큼 오랜 기간 동안 천천히 구상을 다듬을 수 있었습니다.

이번 작품에서는 K 편집자님의 후의에 힘입어, 간행 스케줄보다도 작품의 완성도를 높이는 것을 우선시할 수 있었습니다.

하지만 후기를 쓰는 지금은 간행 시기가 코앞까지 닥쳐와서 기쁨보다도 긴장이 더 심하게 느껴지네요. 요새 가슴이 두근거려서 잠이 안 옵니다……. (아마 간행되는 날에는 긴장해서 반쯤 기절해버리지 않을까요?)

네, 그나저나.

이번 작품은 어떠셨습니까?

주인공과 여주인공인데도 적국의 영웅이고, 라이벌이고, 전장에서 서로 싸우는 사이.

그런데 이 두 사람이 우연히 시내에서 만나면서 이야기가 급진

전되고, 결국 그들은 단순한 적대관계를 유지할 수 없게 된다 ──는 것이 중요 골자입니다.

주인공 이스카와 여주인공인 마녀 앨리스리제.

심하게 충돌하면서도 때로는 가까워지고. 그런 두 사람이 이제 어떤 운명을 겪을지. 앞으로도 기대해주시면 기쁠 겁니다.

이번에는 이 작품을 빛내주는 일러스트(오히려 이게 메인이라는 설도 있죠?) 이야기를 해볼까요.

캐릭터 디자인부터 커버 일러스트, 권두 일러스트, 흑백 삽화까지 전부 다 책임져주신 네코나베 아오 선생님. 그분의 일러스트가 점점 완성될 때마다 저도 무척 가슴이 설렜거든요. 그야말로 이 작품에 꼭 필요한 핵심 요소가 되었습니다.

이 자리를 빌려──네코나베 아오 선생님께 감사 인사를 드립니다.

특히 앨리스 표지를 보고 충격을 받았습니다. 정열적인 그림으로 이 이야기를 멋지게 장식해주셔서 정말로 고맙습니다.

앞으로도(2권도 금방 나올 테지만) 잘 부탁드릴게요.

아, 이 기회에 다른 한 분께도 인사를 드리고 싶네요.

이 작품을 담당해주신 K 편집자님.

편집자님의 도움이 없었다면 이 작품은 완성되지 못했을 겁니다. 원고를 누구보다도 먼저 읽고 가장 좋은 방침을 세워주셨죠. 진심으로 감사드립니다.

네코나베 아오 선생님께 일러스트를 부탁드린 것도, 또 밤늦게까지 함께 이 작품의 제목을 생각해주신 것도 감사합니다. 일일이 꼽자면 이 후기의 여백으로도 부족할 것 같아서 일단 줄이고⋯⋯ 앞으로도 아무쪼록 잘 부탁드리겠습니다.

　그럼 이후의 일정에 관해 조금이나마 말씀드릴게요.
　우선 이 1권과 동시에 발매되는 잡지 드래곤 매거진 7월 호에서 『너와 나의 최후의 전장, 혹은 세계가 시작되는 성전』의 특집&단편소설이 게재될 예정입니다.
　본편과 마찬가지로 이스카와 앨리스의 이야기인데요. 1권과는 또 다른 에피소드로서 도입부 같은 신작 단편입니다. 드래곤 매거진을 구입하시는 분들은 그 단편과 특집도 봐주시길 바랍니다.
　그리고 제2권.
　원고는 이미 완성되었고, 참 기쁘게도 간행 소식을 여기서 전해드릴 수 있게 되었습니다.

　『너와 나의 최후의 전장, 혹은 세계가 시작되는 성전』2
　2017년 7월 20일 간행 예정.(현지)

　1권 이후로 격월 간행을 하게 되어서 정말 기쁩니다. 좀 더 힘내서 열심히 해야겠다는 의욕이 넘쳐흐릅니다.
　참고로 1권이 서점에 나올 때쯤이면 저는 또 2권 후기 마감과

치열하게 싸우고 있을 테지요. 후기에는 아직 익숙해지지 못했거든요.

자, 그럼.

이제 페이지도 얼마 안 남았네요.

마지막으로 다시 한 번 이 책을 읽어주시고, 또 여기까지 함께 해주신 모든 분께 감사드립니다.

검사 이스카와 마녀 앨리스의 이야기──.

때로는 적이 되고, 때로는 Boy meets Girl이 되는 두 사람의 관계는 여기서부터 진짜로 시작될 겁니다.

이스카와 앨리스의 운명이 앞으로 어떻게 될지.

부디 앞으로도 이 두 사람을 응원해주시길 바랍니다.

그럼 이만 줄이겠습니다.

7월에 나오는 제2권에서 다시 만나길 바랄게요.

아직 쌀쌀한 초봄의 어느 아침에

사자네 케이

※ 사자네의 트위터에 이 작품의 새 소식이 올라올지도 모릅니다. 혹시 괜찮으시다면 한번 들러주세요.

http://twitter.com/sazanek

너와 나의 최후의
전장, 혹은
세계가 시작되는 성전

the War ends the world /
raises the world

"나는 이스카와 단둘이 있고 싶은데!"
"그래, 이런 곳에 앨리스가 있을 리 없지."

시조 네뷸리스와 사투를 벌인 후.
다시 싸우기로 맹세한 이스카와 앨리스.
그러나 별의 운명은 그들에게 재회가 아닌 엇갈림을 선사한다.
이 와중에 두 나라의 반역자가 꾸미는 음모에 휘말리게 되는데.
"성검의 소유자라면 미지의 마녀를 상대하기에 충분하지."
"별은 분노로 가득 차 있다. 현재 여왕의 태도는 너무 미적지근해."

지고의 마녀와 최강의 검사의 무도, 제2막――.
엇갈림과 음모는 예상치 못한 결말을 맞이한다.

**너와 나의 최후의 전장 혹은
세계가 시작되는 성전 2**

KIMI TO BOKU NO SAIGO NO SENJO, ARUIWA SEKAI GA HAJIMARU SEISEN 1
©Kei Sazane, Ao Nekonabe 2017
First published in Japan in 2017 by KADOKAWA CORPORATION, Tokyo.
Korean translation rights arranged with KADOKAWA CORPORATION, Tokyo.

너와 나의 최후의 전장, 혹은 세계가 시작되는 성전 1

2018년 6월 1일 1판 1쇄 발행
2020년 11월 15일 1판 5쇄 발행

저   자 사자네 케이
일러스트 네코나베 아오
옮 긴 이 한수진
발 행 인 유재옥
본 부 장 조병권
담당편집자 조찬희
편   집 김민지 정영길 조찬희
라이츠담당 박선희 오유진
발 행 처 ㈜소미미디어
제 작 처 코리아피앤피
등   록 제2015-000008호
주   소 서울시 마포구 토정로222, 403호 (신수동, 한국출판콘텐츠센터)
판   매 ㈜소미미디어
마 케 팅 이주희 우희선 한민지
전   화 편집부 (070)4164-3962, 3963 기획실 (02)567-3388
              판매 및 마케팅 (070)4165-6888, Fax (02)322-7665

ISBN 979-11-6190-512-9 04830
ISBN 979-11-6190-511-2 (세트)